生徒会の祝日

碧陽学園生徒会黙示録8

葵せきな

ファンタジア文庫

2045

口絵・本文イラスト　狗神煌

生徒会の祝日

碧陽学園生徒会黙示録8

ホワイトボード

生徒会長
桜野《さくらの》くりむ

三年生。外見・言動・生き様、すべてが
お子さまレベルという奇跡の人。
最近とみに幼児化が進んでいる

副会長
杉《すぎ》崎《さき》鍵《けん》

生徒会唯一の男で、
ギャルゲ大好きな二年生。
美少女揃いの
生徒会メンバー全攻略を
狙……っていたはず

書記
紅《あか》葉《ば》知《ち》弦《づる》

くりむのクラスメイトで、
クールでありながら
優しさも持ち合わせている
大人の女性。
ただし激しくサド

副会長
椎《しい》名《な》深《み》夏《なつ》

鍵のクラスメイトで、
暑苦しいほどの熱血少女。
それでいて中身は
誰より乙女という、
ある意味王道な人

会計
椎《しい》名《な》真《ま》冬《ふゆ》

一年生。深夏の妹で、
当初ははかなげな
美少女だったが、
今や色々取り返しの
つかないことになっている

出入り口

これが生徒会室の配置よ!

「諸君っ、生徒会活動はついにここまで来た！」by会長

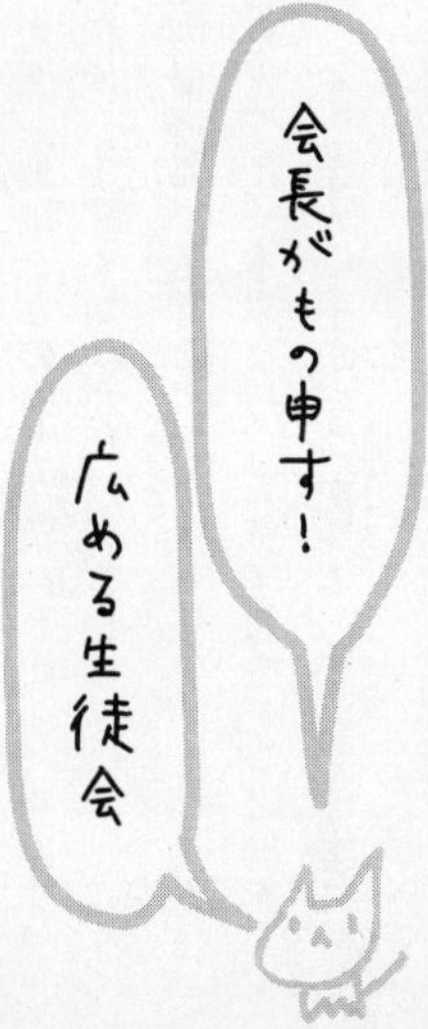

【会長がもの申す！】

ややあ皆《みんな》ご存じ、生徒会長の桜野《さくらの》くりむだよ！

わーいわーい！　新聞の一面貰《もら》っちゃったよー！　好きなように使っていいらしいんだよ！　わーい！　なにしようかなっ、なにしようかなっ。

まず……そうだ！　新聞と言えばテレビ欄《らん》だよね！　というわけで、今日のオススメ番組は、放送休止中のカラフルなあれ！　長時間ジーッと見てたら、最終的には一周回って妙《みょう》に楽しくなってくると思うよ！

あと新聞と言えば……あ、天気予報！　私はやらないけどね！

えへん。えー、今日の地球は巨大隕石《きょだいいんせき》が次々と降り注ぐこともなく、惑星《わくせい》的な規模で見ると落ち着いていると言えるでしょう！……ん？　地域ごとの雨とか晴れとか？　そんなの、隕石に比べたら些末《さまつ》な問題でしょ！　ケータイで調べなよケータイで！

ふぅ、今日の新聞は一味違《ちが》うね。……電車内で読んでるそこの貴方《あなた》！　気付いていたかな、実は貴方は今、私のおかげで命を救われたんだよ。本来なら、天気予報やテレビ欄を確認《かくにん》しようとページめくった際に隣《となり》の毛むくじゃらな人に手がぶつかってしまい、咄嗟《とっさ》に謝ろうとしたら、それはなんと人じゃなく熊《くま》さんだった！　という展開になるところだったんだよ。やー良かったね！……こら！　隣確認しちゃダメだよ！　目合ったら危ないからね！　ただ私に感謝していればいいんだよ！

じゃあここで本題、私、桜野くりむがお送りする今日の主要ニュース！　ぱちぱちぱちぱちぱち！

　まず政治！　本日、碧陽《へきよう》学園の生徒会長桜野くりむ氏が、かねてから期待されていたアメリカ大統領選挙への出馬を辞退することを、ハムエッグをもぐもぐしつつ正式に決意致《いた》しました。理由は、「私は一つの国に収まるような器《うつわ》じゃないから」とのことです。

　次にスポーツ！　球界に激震《げきしん》走る！　碧陽学園球技大会で衝撃《しょうげき》の八百長《やおちょう》疑惑《ぎわく》です！　昨日行われた球技大会の一種目、ドッジボールにおいて、怖《こわ》くて涙目《なみだめ》で逃《に》げ回っていた私、桜野くりむに対して他生徒がかなり緩《ゆる》めにボールを投げてくれていたことが判明致しました！　この件に関して事情通の元プロ野球選手を直撃したところ、ニヤニヤした様子で「それは心温まる話ですねー」と問題発言！　まさに球界の腐敗《ふはい》を浮《う》き彫《ぼ》りにしたカタチとなりました！

　最後に芸能！　独占《どくせん》スクープ！　清純派アイドルの知られざる通い妻生活と深夜のお泊《と》まり愛！　学園のアイドルとしても知られる美少女生徒会長、私、桜野くりむに熱愛発覚です！　お相手は、隣のおばちゃんの飼い猫《ねこ》で、いつも私が餌付《えづ》けさせて貰っていた猫ミーちゃん、メス、三歳！　業界通の関係者によると、昨日、おばちゃんが旅行の間猫さんを預かることになった彼女は、遂《つい》に……遂に猫さんと一夜を共にしたとのことです！　朝、家から出て来たところを直撃された桜野氏は「可愛《かわい》かった！　肉球ふにふにしてた！　すごくホカホカだった！」と興奮気味に語ったとのことです。

　さてさて、では次に――って、あれ、もしかしてもうスペース無いの⁉　そんな、まだ私のお絵かきコーナーとかやってないのに！　えーと、えーと、じゃあ……。

　今日も皆《みな》さん、元気に行ってらっひゃい！

※取材テープを忠実に原稿《げんこう》に起こしております

【広める生徒会】

「老若男女全《ろうにゃくなんにょすべ》てに親しまれてこそ、真のエンタテイメントなのよ！」

会長がいつものように小さな胸を張ってなにかの本の受け売りを偉《えら》そうに語っていた。

それに対し、俺は副会長としてしっかりと頷《うなず》く。

「分かります。つまり、女性のくるぶしだけを延々撮影《さつえい》したビデオとかのことですよね？」

「狭《せま》いよ！　この上なく狭い層にしか向けてないよそれ！　そうじゃなくて、アニメで言うジ○リ作品とかみたいなのだよ！　そんなわけで、今日の議題は『私達の活動をもっと多くの人に知って貰うには、どうしたらいいか』」

議題が提示されたので、俺は本日の臨時会議唯一《ゆいいつ》の参加者として意見を出す。

「つまり、今まで届いてなかった人に届けたいということですから……」

「うんうん」

「全国の仏壇《ぶつだん》店様のレジ横に置いて貰いましょうか」

「効果あるかなぁ！　『あら、仏壇ついでにこの本も一冊頂けるかしら』ってなるかなぁ!?」

「じゃあ東○圭吾さん作品の隣に、まるでシリーズかのように置いておくというのは……」

「詐欺《さぎ》だよ！　それはもうただの詐欺だよ！　杉崎《すぎさき》、私達はお金儲《かねもう》けのために動いているんじゃないんだよ！　純粋《じゅんすい》に、日本を笑顔《えがお》にしたいだけなの！」

「なるほど。それを聞いて俺は今、凄《すご》くオリジナリティ溢《あふ》れる斬新《ざんしん》な配布方法を思いつきました」

「え、なになに？　どうやるの？」

「まず、伊達○人名義の手紙を用意します」

「うん、それはもう聞かなくていいかな」

「あ、車内販売《はんばい》とかどうでしょう」

「おー、地味だけど珍《めずら》しくまともな意見！　あれだよね、新幹線とかそういう——」

「いえ、護送車内ですが」

「売れないよ！『服役《ふくえき》ついでに、これ一冊貰えますか』とか絶対ならないからね!?」

「そうだ、今流行という意味では、デジタル配信という手もありますよ」

「あ、いいねそれ！　スマートフォンとかで見られるようにすれば——」

「トンツーツーツートン、トンツー、トントンツートントン……」

「なんでモールス信号なのよ！　やるならもっと最新技術使っていこうよ！」

「じゃあ今話題のスカイツリーの完成を待って……」

「うんうん」

「展望台から本をばらまくとか」

「スカイツリーの無駄遣《むだづか》い！　そういうことじゃなくて……あーもう！　ただ私は全国の色んな人の目に触《ふ》れる媒体《ばいたい》に載《の》りたいだけなの！　新聞みたいな！」

「じゃあそれで」

「え」

「会長さんだけコスプレなんてずるいですっ！」by真冬

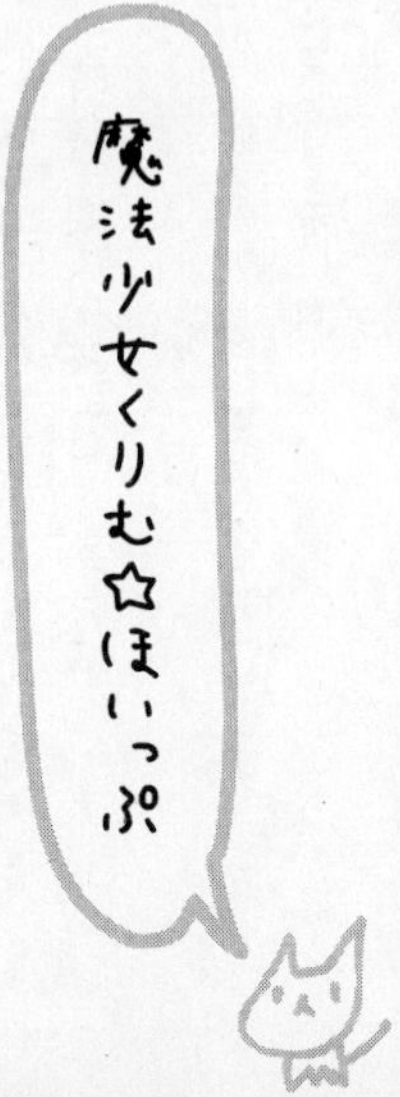

【魔法《まほう》少女くりむ☆ほいっぷ】

桜野《さくらの》くりむという少女を見付けた時、ホイップは我が目を疑いました。

「（なんという……なんという尋常《じんじょう》じゃない魔力量なのにゃ！）」

覗《のぞ》き見魔法「キャットウィンドウ」で彼女を見つめるホイップの、まんまるお月様みたいな瞳《ひとみ》がキラキラと輝《かがや》きます。そう、彼はずっと探していたのです。ふんわりランドを蹂《じゅう》躙《りん》し尽《つ》くしてしまった「食魔王」に対抗《たいこう》しうる人間を！

「桜野くりむ！　ボクと契約《けいやく》して、魔法少女になるにゃ！」

「わーい、やるぅー！」

喋《しゃべ》る魔法猫《ねこ》に対する疑問も一切《いっさい》なく、彼女は二つ返事で了承《りょうしょう》してくれました。

こうして、ホイップと桜野くりむの長い戦いは始まったのです。……色んな意味で。

「全校生徒の諸君！　会長の私は昨日から、晴れて魔法少女になりました！」

「いきなり正体バラしたにゃー！」

初日からやらかしてくれたくりむでしたが、彼女のアレさはそんなことに留《とど》まりません。

「くりむ！　敵が出たみたいにゃ！　すぐに急行するにゃ！」

「あ、ごめん、今日の分の変身、さっき購買《こうばい》でパン買う時に使っちゃったよ」

「どこで魔力使っているにゃー！　ど、ど、どうするにゃ！　ふんわりランド復興に必要な七つの創世宝石『ソフトジュエル』の一つが奪《うば》われてしまうにゃ！」

「大丈夫《だいじょうぶ》大丈夫、敵を泳がせ集め終わったところを……私が全てかっ攫《さら》えばいいのだよ！」

「考え方がなんか黒幕にゃー！」

　こうして、全く戦わずして魔力は自分のためだけに使う生活がしばし続きまして。

「ふはははは、最早《もはや》私に出来ぬことなどないのだー！　世界よ我《われ》にひれ伏《ふ》せー！」

「完全に力与《あた》えちゃいけない人だったにゃ！　はっ！　くりむ！　遂に敵が七つのソフトジュエルを回収し終えてしまったみたいにゃ！　急いで取り返すにゃ！」

「あ、そうなの？　仕方無いなぁ……。変身！　そして、瞬間《しゅんかん》移動魔法！　ばびゅーん！」

「あ、あれにゃ！　はっ、あの黒マント……食魔王本人にゃ!?　まずいにゃ早く――って、ああっ、転移されたにゃ！　て、て、手遅《ておく》れだったにゃー！」

「大丈夫だよ、ホイップ。私の魔法は……もはや時を戻《もど》すことさえ可能！」

「とんでもない成長速度にゃ！　そして最初から本気出して欲しかったにゃ！」

「そんなわけで、時間巻き戻し＆瞬間移動！　平和なホイップランドにやってきたよ！」

「もうなんか凄すぎてやばいにゃ！　けどこれで――」

「むむ。このふんわりランド……なんか全部美味《おい》しそうなモノで出来てるよ！」

「あ、その通りにゃ。ここは全てがお菓子《かし》で出来た世界で――」

「……じゅるり」

「え」

「……我が……我がこの世界を食べ尽くしてくれるぅー！　暴食モードに変身ー！」

「えええええええ!?　あ、その姿！　しょ……食魔王はお前だったのかにゃー！」

「はむはむ、むしゃむしゃ、はむはむ、むしゃむしゃ」

「ああ……ふんわりランドが食べられていくにゃ……なんてことにゃ……」

「げっぷ。……あれ？　もう何もない？」

「一瞬で国土全部食べちゃったにゃー！　うぅ、なんて鬼畜《きちく》にゃ。みんにゃ……」

「あ、大丈夫だよ、国民全員事前に時の凍《い》てついた異空間に飛ばしておいたから」

「うぅ、でも返せにゃー！　ふんわりランドの景観を返せにゃー！」

「最初からそのつもりだもん！　でも時間戻すのは魔力凄《すご》く使うし……あ、ソフトジュエルっての取ってくるよ。それで全部元通り！　じゃちょっと行って来るー。そしてただいまー！」

「早っ！」

「未来に飛ぶのは簡単だからねー。前敵が出た場所とタイミング全部に、飛んできたー」

「……なんなのにゃ、この壮大《そうだい》な茶番劇は」

「というわけで、ふんわりランドよ元に戻れー!」

「おー! 景色が……ふんわり感が復活したにゃ! なんか色々複雑だけど、一応ありがとにゃ、桜野くりむ!」

「うむ、くるしゅうない! では私は元の世界に戻るよ! 暴虐《ぼうぎゃく》の限りを尽くすぞー!」

「あ、待つにゃ桜野くりむ! お、お礼にこの呪文《じゅもん》『まりょくときおくけすーん』を授《さず》けるにゃ! 帰ったら学園で唱えてみるにゃ! お菓子が一杯《いっぱい》出てくる呪文なのにゃ!」

「え、そうなの!? わーい、ありがとう! じゃあねー!」

「ばいばいにゃー!……ふぅ。やれやれにゃ。まったく。………。………」

色々と酷《ひど》い目にあったホイップは、しばらく呆《あき》れた様子で彼女の消えた空間を見つめ。

それから、無言でとぼとぼと長い尻尾《しっぽ》をひきずり、すっかり元通りの自宅に戻りました。

家族の居ない彼は、一人きりの部屋で少しだけ、寂《さび》しそうな表情を浮《う》かべます。

静寂《せいじゃく》の室内に、彼の声がぽつりと響《ひび》きます。

「………本当は、ちょっとだけ、楽しかったのにゃ……」

そうして。

彼は「猫の絵を通してあちらの世界を見る魔法」、通称《つうしょう》「キャットウィンドウ」を開くと、いつまでもいつまでも……尻尾を楽しげにふりふりと動かしながら、ジーっと桜野くりむの学園生活を見つめ続けたのでした。

「碧陽学園だけが特殊だと思ったら大間違いよ」

by 知弦

転校後の彼女達

彼女達のキャンパスライフ

続生徒会の一存

「学問の追究よりも、人生経験を積むこと！　それこそが大学生活の真髄《しんずい》なのよ！」

　アカちゃんがいつものように小さな胸を張ってなにかの本の受け売りを偉《えら》そうに語っていた。

　私はクマの座布団《ざぶとん》へ正座しながらも、ベッドの上で仁王立《におうだ》ちの彼女に忠告する。

「アカちゃん。前も言ったと思うけど、アカちゃんの大学生活に対するイメージはかなり軽すぎると思うの」

　受験当時から数えてもう何度目になるか分からない私の言葉に、しかしアカちゃんもまた、当時から何度目になるか分からない、ぼけっとした表情を返してきた。

「なに言ってるのさ、知弦《ちづる》。私知ってるよ。大学生の本分は、遊ぶことだって！」

「あのね、アカちゃん。学生の本分は、中学にしろ高校にしろ大学にしろ変わらず――」

「遊びでしょ？」

「大学だけに限った話じゃなかった!?」

　この子にとっては全《すべ》ての学生生活の中心は遊びだったらしい。私が額を押さえていると、アカちゃんはぽすんとベッドに腰《こし》を下ろした。

「でも大学は特にだよ！　講義サボってバイトして合コンしてバカンスに行ってマリンスポーツやバーベキューに興じる！　それこそが大学生と、私は聞き及《およ》んでおります！」

「誰《だれ》に!?」

「あす○ろ白書とかオレ○ジデイズとかプロ○ーズ大作戦とか……」

「ドラマじゃない！　しかも若干《じゃっかん》古い！　そんなのは、典型的な創作です！」

「え、でも入学してからよく聞くよ、合コンの話。私は誘《さそ》われないけど」

一部の学生達を思い浮かべる。確かに……割と居るわね、アカちゃんの言うような大学生活まっしぐらの人種も。

なぜかアカちゃんがこちらをジーッと見つめてきていたので、私はこほんと咳払《せきばら》いし、反論方法を変えることにした。

「……まあ、なくはないけど。でもそれはやっぱり本分ではないの。分かるでしょ?」

「うん、分かる。そんなの、不真面目《ふまじめ》だよね」

「そう。やっと分かってくれたのね、アカちゃん。真面目な学生ならば、ちゃんと――」

「サークル活動に打ち込んでこそ、だよね！」

「アカちゃん⁉」

「そんなわけで知弦。今日は、自分達でサークルを起《た》ち上げたいと思います！」

「ええ⁉　ちょ、ちょっと待って、話の加速の仕方が生徒会時代より急すぎて、正直ついていけて――」

「では、いざ出陣《しゅつじん》！」

ベッドから飛び降りると、そのままの勢いで私の腕《うで》を掴《つか》んで走り出すアカちゃん。

「ちょ、引っ張らないで――私は今日受ける講義無い日なのにぃ！」

「大丈夫！　私も今日は自主的に講義受けない日だから！」

「それは大丈夫と言わないんじゃないかしら⁉」

そんなわけで、今日も今日とてアカちゃんはアカちゃんです。

＊

私、紅葉《あかば》知弦とアカちゃんこと桜野《さくらの》くりむが大学生活を始めて約一ヶ月。

地元から電車で約二時間ほど離《はな》れたこの大学へ通うにあたり、私とアカちゃんは同じ女子寮《りょう》に部屋を借りた。アカちゃんラブな私としては当然、彼女と寝食《しんしょく》まで共に出来ることが嬉《うれ》しくて嬉しくて仕方無かったわけだけれども……。

「いやぁ、持つべきものは友達だね！　知弦のおかげで話が凄《すご》くスムーズ！」

「はぁ……」

サークル活動申請《しんせい》用書類を胸に抱《だ》き、上機嫌《じょうきげん》でキャンパスを闊歩《かっぽ》する我が親友をジト目で見つめる。

こうしてみると、大学どころか寮まで同じにするというのは、些《いささ》か失敗だったかもしれない。そりゃ私だって楽しいは楽しいけど……なまじ彼女の優秀《ゆうしゅう》なサポーターたる私が四六時中一緒《いっしょ》に居る状況《じょうきょう》になったことで、かえって、アカちゃんの「思いつき暴走」に歯止めが利《き》かなくなった感がある。

そして何が一番問題って……。

「えへへぇ、やったね知弦！　サークル活動、楽しみだね！」

「……そうね」

彼女にこんな……上目《うわめ》遣《づか》いで最高の笑顔《えがお》を毎回見せられてしまったら、私はもう全力で彼女の願いに応じるしかないわけで！　ああ！　私は将来子供が出来たら、案外駄目《だめ》な母親になる気がする！　甘やかすことしか出来ないタイプになる気がする！　キー君も子供にはデレデレするタイプっぽいし、そうなると両親揃《そろ》って親バカに——って何考えてるのよ私！　なんで自然にキー君を父親に設定しているわけ⁉

「？　どうしたの知弦？　頭から湯気出てるよ？」

「……な、なんでもないの。アカちゃんは気にしないで……」

「？　うん」

目玉焼きぐらいなら焼けそうな顔面をしばらく両手で押さえつつ歩く。……こほん。い、意識を切り替《か》えないと！　私はサークルの話へと集中することにした。

「それで、具体的にはどういうサークルを作りたいの？」

「凄く楽しいやつ！」

「つまりまだ全然考えてないわけね」

「うん！」

会心の笑顔で頷《うなず》かれてしまった。私は一つ嘆息《たんそく》してから、いつものように提案する。

「じゃあこうしましょうか、アカちゃん。アカちゃんは、今日もいつものように、ちゃんと講義受けて学校生活を送ること。今日特に予定の無い私はそれに付き合いつつ、アカちゃんと一緒にサークル活動の話も練るから。それでどう？」

「いいの？　じゃあそれで！　わーい、ちゃんと単位もとれて一石三鳥だね！」

「三鳥目が何か分からないのはさておき、喜んでくれて嬉しいわ。じゃ、早速《さっそく》講義に向かいましょうか。というわけで、今日最初の講義はなにかしら？」

「えーとね、ちょっと待ってね」

アカちゃんは歩きながらもカバンからガサゴソと手帳を取り出し、講義名を確認《かくにん》する。

大学生活を送るにあたり、流石《さすが》に講義はそれぞれ自分に合った系統のものをそれぞれ取ったから、実はアカちゃんの取っている講義をそれほど知らないのよね、私。

でもどうせアカちゃんのことだから、楽そうだったり面白《おもしろ》そうなのばかり取っていることでしょう。

そんな予想を立てていると、アカちゃんは手帳の中に今日の講義を見付け、「えーと、なになに」と前置きして喋《しゃべ》り出した。

「『哲学《てつがく》的見地から見た、加熱環境《かんきょう》における――』」

あらやだこの子、意外としっかりしてそうな講義取ってるじゃな――

「『――イースト菌《きん》の働き』だよ！」

「パンを膨《ふく》らませられるぐらいじゃないかしらね！」

　思わずアカちゃんから手帳を奪《うば》い取り、確認。彼女の認識違《ちが》いを疑ってかかるも、そこには大学側から発行されたプリントが収録されており、まず間違いないようで……。

「どうしてこんな、何の得にもならなそうな講義が……」

「ちっちっち。甘いなぁ、知弦。深いんだよ、多分。哲学的って書いているしさ。実は私も今日が初日だけど、絶対凄く高尚《こうしょう》な講義なんだよ！」

「そ、そうよね。哲学ってついてるものね。単純な話じゃ、ないのよね」

「絶対そうだよ！　じゃ、行くよ！　高尚な講義を受けに！」

「ええ！　私もなんだか逆に楽しみになってきたわ！　これは凄い講義の可能性大よ！」

　というわけで、いざ行かん、哲学的なイースト菌の働き講義！


　約一時間半後。そこには食パンを頬張《ほおば》りつつキャンパスを闊歩する私達の姿があった。

『…………』

　二人、無言でもさもさとパンを咀嚼《そしゃく》しつつ、歩く。

『…………』

　まさか、本当にただパンを作るだけの九十分とは思わなかった。なによこれ。

まだ出来たてだから、何もつけなくても仄《ほの》かな塩気と甘みがあって……。

『…………』

作りたてのパンは美味《おい》しい。

仮にも哲学と名のつく講義を九十分受けて、得た情報はこれだけだった。そういう意味では、得難《えがた》い体験が出来た講義ではあったけど。

「さて、気を取り直して」

アカちゃんがごっくんとパンを呑みこんで喋り出す。いかに彼女と言えど「気を取り直す」必要があるぐらいには、酷《ひど》い講義だったと感じているらしい。

「次の講義に行く前に、ちょっと掲示板《けいじばん》見ていこう、知弦！　私、バイト探すから！」

「ば、バイト？　アカちゃんが？」

「うん！　サークル活動とバイトに精を出す！　それが大学生と聞き及んでおります！」

「だから、誰情報なのよそれ……」

ツッコミつつも、アカちゃんに連れられるままに学生生活課の方へと向かう。アカちゃんがバイト……。駄目だ、全然イメージが湧《わ》かない。

「あ、くりむちゃんだ！」「きゃー、今日も可愛《かわい》いー！」「ふにふにしてる！」

道すがらすれ違う学生達に高確率でいじられつつも、掲示板へと辿《たど》り着く。

私も初めて見たけど、ボードにはびっしりと求人広告が貼《は》り出されていた。へぇ、こんなにバイト依頼《いらい》が届くのね、この大学。

アカちゃんは目をキラキラさせてボードを見つめていた。

「知弦！　知弦！　沢山《たくさん》仕事あるね！　凄いね！」

「ええ、これだけあれば、アカちゃんに合う仕事もあるかもね」

「そうだね！　ところで知弦、天鱗《てんりん》が貰《もら》えるG級クエストはどれかな」

「そういうのはありません」

「えー……。じゃあ、S級魔導士《まどうし》だけが受けられるS級クエストとかは……」

「フェアリーテ○ルなんかの魔導士ギルドに所属する機会があったら受けなさい」

「そっか残念。じゃあしょうがないから、一つ一つ良さそうなの探すー」

「そうしなさい」

というわけでアカちゃんが求人広告をしらみ潰《つぶ》しに確認し始めたので、私は私でぼんやりと掲示板を眺《なが》める。ふむ……アカちゃんに向いている仕事ね……。やっぱり、ほんわかしたものがいいわよね。花屋のバイトとかがあれば、凄く「らしい」んだけど……。

「知弦、知弦！　これこれ、これなんてどうかな！」

「ん？」

アカちゃんが私の袖《そで》をくいくいと引っ張る。何かいい仕事を見付けたらしい。私は彼女が指差す求人広告を、どれどれと確認した。

《無人島生態調査への同行　＊現地の地理に詳《くわ》しくサバイバル技術に長《た》けたガイドを広く募集《ぼしゅう》しております。要・銃《じゅう》取り扱《あつか》い免許《めんきょ》》

「アカちゃんには無理！」

「バイトの面接なんて、やる気さえ見せれば通ると聞き及《およ》んでおります」

「だからそれ誰《だれ》からなの!?　これはやる気だけじゃどうにもならない仕事だから！」

「やる気さえあれば、仕事なんて後からいくらでも覚えられると、聞き及んでおります」

「だから誰情報なのよそれは！　少なくともこの仕事に関しては、むしろやる気しかないのが一番危険なタイプだから！　相手方にも迷惑《めいわく》かけるから、やめなさい！」

「そう？　仕方無いなぁ……。じゃあ……」

「もっとこう……軽い仕事にしなさい、アカちゃん」

そう、彼女はもっと、誰でも務まるような、軽い軽い、無思考・無技術で出来るような作業をこそすべきで――

「あ、知弦これ見て！　技術も経験も免許も何も要《い》らないのに、凄く給料高いよ！」

「へぇー、そんないい仕事あったの？　良かったじゃない」

流石学生用掲示板、バイト情報誌には無いような、割のいい地元住人からのバイト募集とかもあるよう――

《後腐《あとくさ》れ無い関係　＊女子限定！　一緒にお茶するだけの簡単な作業です！》

私は無言でその紙を掲示板から剥《は》ぎ取ると、これでもかというほど乱雑に破いた。

「あー！　知弦、なにするのさ！　お茶飲むだけで凄い給料貰える仕事だったのにぃ！」

「うん、アカちゃん、私は確かに軽い仕事がいいと言ったけど、これは軽すぎるの」

色んな意味で。全く意味が理解出来てないらしいアカちゃんはキョトンとするばかりだったが、別にそこまで拘《こだわ》りもなかったらしく、すぐに次の仕事を探して掲示板を漁《あさ》り始めた。

……しかし、ここの学生生活課はどうなってるのよ……。なんでこんな求人が通ってるわけ？　いや、これは誰かの悪戯《いたずら》かもしれない。そうよ。こんなに求人がひしめいているんだもの、悪戯で小さい求人を貼り出したところで、学生生活課の方が気がつかなくてもしょうがな——

「あ、知弦見て見て！　いいのあったよ！　一番真ん中に大っきく！　顔写真付きで！」

「へ？　顔写真付き？」

なるほど、それは信用出来るいいバイトかもしれない。代表者の顔があり、尚《なお》かつこの求人ひしめく掲示板の中心にでかでかと貼り出されるのは、学生生活課もイチオシの安定感あるバイトということに——

《WANTED　麦わらのルフ○　400000000ベリー》

「……ちょっと待っててね、アカちゃん」

「？　どうしたの知弦、麦わらさん探しに行くの？」

不思議そうに訊《たず》ねてくるアカちゃんに、私は……満面の笑みで振《ふ》り返った。

「ちょっと、学生生活課の皆《みな》さんと遊んでくるわ」

＊

「いえいえ、どういたしまして」

構内を歩きながら嬉《うれ》しそうに一枚の求人広告を掲《かか》げるアカちゃんに、私は優《やさ》しい微笑《びしょう》を返す。

「でもどうやって貰って来たの？　こんな条件のいいバイト」

アカちゃんが疑問に思うのも無理はない。彼女に渡《わた》したそれは本当に破格の条件のバイトなのだ。大学生協の軽いお手伝いをするだけで、かなりの時給が貰える。学生生活課が持っていた究極の隠《かく》し球《だま》求人情報が、それ。……つい五分程前の、私に土下座しながらそれを差し出してきた学生生活課職員の姿を思い出す。

「学生生活課の方にちょっと相談したら、すぐ持って来てくれたわ」

「へぇ、そうなんだ！　やっぱり凄《すご》いね、知弦は！　ありがとう！」

「どういたしまして」

ごそごそとカバンにプリントをしまうアカちゃんを眺め、にっこりと笑う。彼女が喜んでくれたなら、それで良しだ。そういう意味じゃ、腐敗《ふはい》した学生生活課にも感謝しなければばいけない。

「そんなわけで、そろそろ次の講義に向かうよ、知弦！」

「了解《りょうかい》よアカちゃん。……って、次の講義こそ、ちゃんとしたものなんでしょうね？」

一つ目の講義の酷さを思い返しつつ訊ねると、アカちゃんはむんと胸を張って答えてきた。

「大丈夫《だいじょうぶ》！　次は私が選択《せんたく》した講義の中でも、とりわけ難しそうなヤツだから！」

「またアカちゃんは身の丈《たけ》に合わない選択を……」

でもまあ、そういうことなら少なくともパン作りさせられることはなさそうだ。

アカちゃんは講義名確認《かくにん》のため手帳を開くと、それを読み上げ始めた。

「えーと、『グローバル化する社会における地球規模の競争と、ポスト・ローマ期ヨーロッパとの対比で見る日本の未来――』」

「なんか凄いわね」

正直アカちゃんが受けるような講義じゃない。……まあ、それでも食パン作りよりは得る物がありそ――

「『――もしくは、イースト菌《きん》の働き』」

「もしくは!?」

アカちゃんからプリントをひったくるように奪って確認する。……ほ、ホントにそう書いてある……。なにこれ。なんなのこれ。

アカちゃん自身もたった今その講義名の落とし穴に気付いたらしく、気まずそうな顔をしながらも、しかしフォローするように口を開いた。

「で、でもほら、あくまで『もしくは』だから。実際にはちゃんとした講義なんだよ」

「そ、そうよね。きっとあれよね。他でイースト菌関連の講義が中止になった時とかに、代理でそっちの講義になることもあるよー、っていう話よね」

「絶対そうだよ！　じゃ、今度こそ張り切って、高尚《こうしょう》な講義を受けよう知弦！」

「おー」

というわけで、私達二人は半ば無理矢理テンションを上げつつ、いざ二限目へ！

約一時間半後。そこには食パンを頬張《ほおば》りつつキャンパスを闊歩《かっぽ》する私達の姿があった。

『…………』

二人、無言でもさもさとパンを咀嚼《そしゃく》しつつ、歩く。

『………………』

まさか、全く同じ講義内容を繰《く》り返されるとは思わなかった。なによこれ。

また適度にお腹《なか》が空いていたから、たとえ二度目と言えど作りたてのパンは美味しく。

『………………』

美味しいパンは何度食べても美味しい。

同じ講義を二回も受けてようやく得られた知識は、それだけだった。

「……知弦。なんでだろう、私ちょっと泣きたい」

「奇《き》遇《ぐう》ねアカちゃん。私もなぜだか今そんな気持ちだわ」

二人、やるせない気持ちでしょんぼりと俯《うつむ》く。

しばらく歩いたところで、私はアカちゃんに気を取り直させようと提案した。

「そ、そろそろお昼時ねアカちゃん！　学食でも行きましょうか！」

「……あんまりお腹減ってないけどね」

口の中に残っていたらしいパンをごっくんと呑みこんで応じるアカちゃん。

私はなんとか気を取り直させようと試みる。

「そ、それはそうだけど。ほ、ほら、軽食で済ませれば……」

「軽食って？」

「軽食って言ったら、そんなのサンドイ――」

「…………」

「――チなんかじゃなくて、えーと、ほら、サラダとか。甘いモノとか」

「……うーん」

「そ、そうよ！　結局サークル活動についての話し合いも出来てないし、丁度いいじゃない！　ね？　ね？」

「……うん。知弦がそう言うなら。そうだね、サークルの話したいもんね！」

ようやくアカちゃんが乗り気になってくれた。

私はほっと胸を撫《な》で下ろしつつ、近くの学食へと向かう。うちの大学はそこそこ大きく、学食や生協が複数ある。現在私達が居る場所から最も近い学食は、まだ私達が訪《おとず》れたことのないところだった。

「うわー、なんかここメニュー一杯《いっぱい》あるよ、知弦！　どれ食べよっかなぁ！」

すっかり機嫌《きげん》を直して食券販売機《はんばいき》に駆《か》け寄るアカちゃん。……それにしても、割と大きな学食なのに意外に学生が少ない。おかげで私達はゆっくりと食券販売機前で品定めが出来るわけだけど……。
「ねぇねぇ知弦！　これ！　私これがいい！　なんか美味《おい》しそう！」
私が軽く不審《ふしん》に思っている間にも、アカちゃんはメニューを選んでいたらしい。
「ん？　どれどれ？」
腰《こし》を屈《かが》めて彼女が指差す券売機の表示を見てみる。
《プリンとショートケーキの黒蜜《くろみつ》コンポート～メープルシロップもたっぷりかけて～》
「…………」
この学食に人が居ない理由が理解出来た。見れば、他のメニューも……。
《塩鮭《しおざけ》の塩釜《しおがま》焼き～焦《こ》がし醤油《じょうゆ》仕立て～》
《レモン果汁《かじゅう》たっぷり酢豚《すぶた》～梅まるごと五個増量～》
《ハバネロ～単体でどうぞ（近々「ジョロキア」も入荷予定！）～》
等々。……このある意味一貫《いっかん》した志向性、そしてヤバさ、伝わるかしら。
しかしアカちゃんの目にはこれらが「美味しそう」にうつるらしい。キラキラと目を輝《かがや》かせて他のメニューも物色している。……い、いや、確かに「一見」美味しそうな料理名に見えるのも分かるんだけどね……うん。

とはいえ、今から他の学食に行こうとすると結構な時間ロスだ。アカちゃんもすっかりテンション上がってしまっているし、仕方無いので私達はここで昼休憩《きゅうけい》を取ることにした。

手早く注文を済ませて窓側のテーブル席へと着く。学内の庭を一望出来るいい席だ。こんな席まで空いてしまっていることに何か感じるものが無いわけじゃないが、それはさておきお喋《しゃべ》りする環境《かんきょう》としては悪くないだろう。……昼時以外なら、そこそこ混《こ》むのかもしれない。

「それでさ、知弦。サークルの話なんだけど」

アカちゃんが初志貫徹《かんてつ》で注文した《プリンとショートケーキの～》にフォークを入れながら喋り出す。……見ているだけで口の中が甘ったるくなってくる。

私は「ええ」と応じながらも、アカちゃんと同時に、自分の注文したコーヒー《黒ブラックダーク無糖コーヒー～センブリ茶入り～》に口をつけた――刹那《せつな》。

「甘ッ！」「苦ッ！」

二人同時に叫《さけ》ぶ。この店を利用していた他の僅《わず》かばかりの先輩《せんぱい》学生達が、一様に「ようこそ、俺達の世界へ」みたいな生温かい視線で私達を見守っていた。

「知弦、コーヒーちょうだい」「アカちゃん、それ一口貰《もら》っていいかしら」

お互《たが》いに口の中に広がる味を変えたくて、交換《こうかん》する。しかし当然ながら結果は——

「苦ッ！」「甘ッ！」

お互い不味《まず》さのベクトルが変わっただけだった。……しかしなんだろう、これは。

私とアカちゃんは、気がつけばまたお互いのものを交換して口に運んでいた。更《さら》にもう一度。……更に更に、もう一度。気がつけばどちらも半量まで減ってしまって……。

「なにこれ、妙《みょう》にやめられないよぉ、知弦ぅ！」

プリンを頬張りながら涙《なみだ》を流すアカちゃん。その表情に決して喜びのニュアンスがあるわけではない。

しかし——

「やめられない、止まらないを最悪のカタチで追求したものね。口の中を苦くしたい感情と甘くしたい感情のいったりきたりを強要されて……結果、止まらない！」

タチの悪い麻薬《まやく》じみた食事だった。周囲の先輩学生達が「だろう？」みたいな視線で私達を見てきている。なんなの、貴方《あなた》達のそのスタンス。全く尊敬に値《あたい》しないんだけど。

そんなこんなで瞬《またた》く間に完食してしまい、食後に持って来たただの水の美味しさにひとしきり感動したところで、私達はようやくサークル活動の話に取りかかった。

「アカちゃんは、具体的にはどんなサークル活動がしたいの？」

「勿論《もちろん》、楽しいヤツだよ！　皆《みんな》で遊びまくって青春を謳歌《おうか》する感じの！」

「それって生徒会と変わらないんじゃ……」

「ううん、そうじゃなくて！　もっと大学生っぽいヤツだよ！　こう……マリンスポーツに興じたり、皆でログハウス泊《と》まったり！」

なにやら彼女は典型的なリア充《じゆう》大学生活をご所望《しよもう》のようだ。正直ちょっとアカちゃんらしくない望みだなぁとは感じつつも、私はその方向性で話を進める。

「とりあえず、サークルの主目的及《およ》び名前を決めてしまいましょうか。サークルが成立さえしてしまえば、あとはアカちゃんの目標とする活動内容に向けて努力すればいいだけだから」

「そうだね！　同好会レベルなら自由に作っていいみたいだけど、大学に正式に認められれば、部室や援助《えんじよ》金まで貰えるんだもんね！」

テーブルの上に広げた申請《しんせい》用紙を確認しながら言う彼女。私は頷《うなず》いて応じた。

「そう。だから、ここは如何《いか》に真面目《まじめ》で健全な活動を装《よそお》うかにかかって――」

「サークル名『遊びだけの関係』。活動内容『皆で欲望のままに触《ふ》れ合う』……と」

「どうしてそんないかがわしい書き方するの！」

勝手に記入を始めていた申請用紙を奪《うば》い取ると、アカちゃんは不満そうに唇《くちびる》を尖《とが》らせた。

「私なりに、難しい言葉使って書いたのに……」

「それが裏目に出すぎてるわよアカちゃん！　もうちょっと健全な内容にしなさい！」

「知弦がそう言うなら……」

新しいプリントをカバンから取り出すアカちゃん。どうやら申請用紙は複数枚貰ってきておいたらしい。

彼女はペンの背で額をコツコツやり少し悩《なや》んだ後、改めて記入し始めた。

「サークル名『松岡○造テニスクラブ』。活動内容『もっと熱くなる！』」

「確かに健全だけども！　健全すぎるぐらいだけども！」

とりあえず勝手に有名人の名前を冠《かん》するのは駄目《だめ》だとアカちゃんを諭《さと》す。アカちゃんは大層不満げな様子だった。折角記入したものを何度も破棄《はき》されるのは癪《しゃく》なのだろう。

私はこの雰囲気《ふんいき》をどうにか変えようと提案する。

「じゃあとりあえず、書く前にサークル名だけでも先に決めちゃいましょうか」

「うん、そうだね。それがいいね。ふむ……どういうのがいいかな」

「大学から援助金貰えるようなの目指しているわけだし、シンプルで真面目なのがいいわね」

「『野球部』」

「う、うん、確かにシンプルで真面目だけども。それは多分もう既《すで》にあるというか……。それに大学のサークル活動なんだし、もうちょっと時流も取り入れた感が欲《ほ》し――」

「『古典部』」

「確かにある意味時流にも乗っていてシンプルで真面目ね！　だけど残念ながら却下《きゃっか》よアカちゃん。シンプルで真面目で、なおかつ、私達の活動内容をちゃんと表していて、出来るならばかたくなりすぎない、そんなサークル名がいいと思うの」

自分で言いながらも、この注文はハードルが高すぎたかしらと後悔《こうかい》する。……しかしアカちゃんは意外にも、パッと表情を輝かせて「これだ！」といった様子で告げてきた。

「『あそ部』……！」

「ある意味百点の回答ね！」

テストだったら仕方無く◎つけてあげるレベル！　だけど残念ながら却下！

アカちゃんが「むむ」と考え込んでしまったため、私は助け船を出す。

「そうそう、さっきも言ったけど大学のサークル活動なんだから、必ずしも『部』とかつけなくていいのよ？　むしろもっとフランクに学生が集まってきてくれるような……そう『クラブ』とつくぐらいで丁度いい――」

「『ちーっす、一緒《いっしょ》にクラブいかね？クラブ』」

「アカちゃん⁉　クラブのイントネーションがなんか違《ちが》うんだけど⁉」

「杉崎《すぎさき》をイメージしてみました」

「キー君に謝りなさい！　流石《さすが》の彼でもそこまでチャラくないでしょ！　あと、喋り言葉とかも禁止！　普通《ふつう》に『マリンスポーツクラブ』とか『レクリエーションクラブ』とか、そういうのでいいのよ」

「えー、なんかインパクト足りないなぁ」

「……まあ確かに、これだけサークルが乱立していると、学生を集めるためには多少のインパクトも必要になってくるかもしれないわね」

「『終末戦争《アルマゲドン》クラブ』」

「小説のタイトルにでもなりそうね！　確かにインパクトはあるけど、活動内容と見合ってないでしょ！　もっとこう、端的《たんてき》で、私達らしくて、ゆるくて語感のいいものを……」

また注文のハードルが上がっているのは自覚していたが、こうでもしなきゃ回答が自由すぎるのだから仕方無い。流石のこれにはアカちゃんも悩む……かと思いきや、しかし彼女は、またもあっさり……満面の笑《え》みで、その回答をずばっと告げてきた。


「『くりむクラブ』」


「またもある意味百点の回答！」

語感もいいしゆるいし活動内容も物凄《ものすご》く表している！　実はこの子物凄く頭いいんじゃないかと思うが、しかし――

「残念ながら却下よ、アカちゃん」

それじゃ流石に大学からの援助金は望めない。

「そっかぁ……そうだよね。なんか『スリムク○ブ』に似てるもんね」

別にそういう意味ではなかったのだけれど、アカちゃんが納得《なっとく》しているのでよしとしておこう。

そうこうしているうちに、次の講義の時間が迫《せま》って来てしまった。正直何も決まらなかったことに二人とも少し落ち込みつつも、時間は時間なので仕方無く席を立った。

食器を返却《へんきゃく》し、先輩学生達の「また来いよ、ルーキー共」みたいな気持ち悪い視線に見守られつつ、食堂を後にする。

廊下《ろうか》を歩きながら、私は少し重たいムードを変えようと、会話を切り出した。

「それでアカちゃん、次の講義は？　まさかまたイースト菌《きん》どうこうじゃないでしょうね」

笑いながら、しかし本気の危惧《きぐ》も少し混ぜつつ訊《たず》ねる。

対してアカちゃんは、任せてよと言わんばかりに胸を張って答えてきた。

「大丈夫《だいじょうぶ》だよ知弦！　さっき食堂でプリント出して確認《かくにん》したけど……次の講義……なんと、イースト菌がどうこうとは、全く書いてありませんでしたぁー！」

「おおー」

思わず感心してしまう。いや普通イースト菌どうこうは書いてないのだけれど。今日の流れ的には九割ぐらいの確率で次もイースト菌が来ると思っていたものだから……。

アカちゃんは苦笑《くしょう》しつつ続ける。

「イースト菌の講義も、一回だったらまだ楽しかったんだけどね」

「確かにそうね。哲学云々《てつがくうんぬん》さえ期待していなければ、パン作り自体は割と悪くなかったものね」

「うん。先生もなんか教え方上手《うま》い人だったし」

確かにそうだったかもしれない。というか、イースト菌の講義は二回とも彼女……割と美人の若い教授だった。そういえば、今思えば彼女、誰《だれ》かに似ている気がする。誰だったかしら……。……パンのことに頭が行き過ぎていて、教授の名前が思い出せない。

プリントで確認しようかしら、等《など》と考えていると、ふとアカちゃんが腕《うで》時計を確認して「あっ」と声を上げてきた。

「知弦、ちょっとゆっくりしすぎたかも！　次の講義、急がないと始まっちゃう！」

「あ、ホントね。急ぎましょう」

「うん！」

そんなわけで、走る、というほどでもないが、歩行ペースを速めて歩くのに集中する。

ふと、そういえば次の講義名をまだちゃんと聞いていなかったなと、歩くペースは保ちつつも、アカちゃんに訊ねた。

「ところでアカちゃん、次の講義ってなんなの？」

私の質問に、ニヤリと微笑《ほほえ》むアカちゃん。

「ふふー。次のも、難しそうなヤツなんだよ知弦」

「そうなの？　また長ったらしい名前の講義なんでしょう」

「ちっちっち。甘いなぁ知弦は。次のは、そういうんじゃないんだよ！　文字数で言ったら、八文字！　しかも最後は『概論《がいろん》』の二文字で締《し》められる、シンプルかつ高尚《こうしょう》な講義なんだよ！」

「へぇ、なるほどね」

確かに『○○概論』という講義なら、イースト菌の入り込む余地はない。アカちゃんの自信ありげな態度を見るに、○○の中に「つぶあんパン」とかいう言葉が入っている、なんてオチもなさそうだ。

これはいよいよ、本日初のまともな講義が受けられそうねと安心していると……アカちゃんは、満を持して、その講義名を告げてきたのだった。

「その名も、『フォカッチャ概論』だよ、知弦！」

一時間半後。そこには結局パンを頬張《ほおば》りつつキャンパスを闊歩《かっぽ》する私達の姿があった。

エアポケットのように学生が誰もいない侘《わび》しい廊下を、もそもそとパンを食べながら歩く私達。

落ち始めた太陽が私達を赤く切なく照らす中、アカちゃんは肩《かた》を落として告げてきた。

「……ごめんね知弦。フォカッチャが、イタリアの平たいパンのことだとは知らず……」

しょんぼりと謝罪するアカちゃんに、私は優《やさ》しく微笑みかける。

「ううん、いいのよ、アカちゃん。ほら、食パンじゃないし」

味は割と似たようなものだけど。そして先生も例の先生だったけど。

しかし、私がフォローしても、アカちゃんはしょんぼりしたままだった。彼女にしては珍《めずら》しく切《き》り替《か》えが遅《おそ》い。

「？　どうかしたの？　アカちゃん」

私の質問に、彼女は「うん……」とだけ答えると、しばらく沈黙《ちんもく》。本当にどうしたのかしらと心配になってきたところで、アカちゃんは、なぜかもう一度謝ってきた。

「本当にごめんね、知弦……」

「？　えと……アカちゃん？　パン三連コンボのこと、なにもそこまで気にしなくて……」

「そうじゃなくて」

「？」

そこでアカちゃんは立ち止まり、しっかりと私の目を見据《みす》えると、なんだか少し切羽詰《せっぱつ》まった様子で告げてきた。

「楽しい大学生活、送らせてあげられなくて、ごめんね……知弦」

「？　はい？」

全く話がのみ込めないでキョトンとする私。しかしアカちゃんはいたって真剣《しんけん》なようで……ぎゅっと鞄《かばん》を握《にぎ》りこんで、少し俯《うつむ》きながら続けてきた。

「昨日……講義で隣《となり》になった子が、言ってた。受験で苦労した分、入学してからは一人暮らしにバイトにサークル活動に合コンにって、色んなことが気兼《きが》ねなく出来て、今凄《すご》く楽しいんだって。周りの皆《みんな》もそうみたいだって。本当に楽しそうに言ってた」

「えと……それが？」

話の繋《つな》がりがよく分からない。ただ、今日急にアカちゃんがリア充《じゅう》大学生活を口にし出した件については、納得いった気がした。なるほど、影響《えいきょう》受けやすい子だものね……。

アカちゃんは、なぜか心底悔《くや》しそうに表情を歪《ゆが》める。

「私は、あんまりそういうの分からないけど。でも、きっと、皆そうなんだって、思った。……バイトしたりサークルしたり合コンしたり……大学生になったら、そういうのが、楽しいんだって、思ったの」

「えーと……アカちゃん？　そんなの人それぞれだし、アカちゃんはアカちゃんで楽しいと思うことをすれば、それでいい——」

「でも知弦は違うでしょ！」

「——え？」

アカちゃんは瞳《ひとみ》を潤《うる》ませながら、私の目をしっかりと見つめてくる。

「知弦は……私と違って、ちゃんと大人だもん。ちゃんとした、大学生さんだもん。……なのに、知弦はいつだって私に付き合ってくれて……私のことばかり構ってくれて……。だから……だから……」

「…………」

ようやく、全《すべ》てが理解出来た。

私は呆《あき》れ交じりに嘆息《たんそく》を漏《も》らしながら、アカちゃんの方へと歩き、彼女の肩に手を置く。

「それで、サークル活動しようって言ったり、バイト探してみたりしてたのね？」

「……うん。……あのね、バーベキューするのって、ちょっとお金かかるんだよ……」

「馬鹿《ばか》ね」

私は膝《ひざ》を折り、しょんぼりするアカちゃんの頭を、ぎゅっと胸に抱《だ》きしめる。まったく……なんて大学生らしくない子なのかしら。三年前からホント変わらない。思い込みが激しくて……不器用で……なにより友達のために一生懸命《けんめい》で。

「……あとね、バーベキューするにはね、サバイバル技術も磨《みが》かなきゃ駄目《だめ》なの」

「どれだけ本格的なバーベキューを考えてたのよ」

ああ、だから、彼女が最初に選択《せんたく》したのがあのバイトだったのか。まったく、ホントずれた子だ。そして……ホント、愛《いと》おしい子だ。

私は彼女の頭を抱く力を強める。「わぷ?」とアカちゃんが声を上げる中、私は彼女の耳元に顔を寄せるようにして、もう一度言ってやった。

「馬鹿ね、アカちゃんは」

「うぅ……分かってるよぅ。この大学入れたのだって、マークシートの神様が微笑んでくれたおかげだし……」

更《さら》にしょんぼりし始めるアカちゃんに……私は、力強く告げる。

「大好きよ、アカちゃん」

「うぇ？　知弦？　前も言ったけど、やっぱり知弦は百合《ゆり》な人……」

「もう、それでもいいわ」

「ええー⁉」

じたばたと私の胸から逃《のが》れようともがくアカちゃん。しかし私はそれを許さず、更にぎゅっと彼女を抱きしめた上で……彼女の耳元に、囁《ささや》く。

「私は、アカちゃんが大好きよ。伝わってるかしら？　アカちゃん」

「つ、伝わってるよ！　伝わりすぎてるよ！　で、でも私はそういう趣味《しゅみ》じゃないから、は、はなして――」

「こんなに大好きなアカちゃんと一緒《いっしょ》の大学生活だもの。毎日が楽しくて仕方が無いに、決まってるでしょ」

途端《とたん》、アカちゃんがもがくのをやめる。

「知弦……本当に？」

「嘘《うそ》なんてつかないわ。知ってるでしょ？　私は……ううん、私達元生徒会のメンバーは、皆、お互《たが》いに言いたいことをちゃんと言うの。だから、離《はな》れた今だって、こんなにも仲良しでいられるの。そうでしょ？」

「………うん！」

私の背中に回された小さな手が、私をぎゅっと抱きしめ返してくる。

そうして、お互いをしばらく抱きしめ合い。ふと他の生徒が来る気配を感じたところで、私達は体を離した。

二人、少し照れながら笑みを交《か》わす。そして……。

「じゃ、帰ろうか、アカちゃん」

「うん！　帰ろう知弦！　私達の寮《りょう》に！　一緒に！」

私達は、いつものように二人、仲良く帰路についたのだった。

＊後日談

「知弦知弦！　サークル活動申請《しんせい》が通ったよ！」

「ええ⁉」

ある日の朝。私の部屋に、アカちゃんがノックもなしに飛び込んで来た。

私が驚《おどろ》きのあまり教科書の準備を中断する中、アカちゃんは喜びを抑《おさ》え切れない様子で私のベッドにバフッと飛び込むと、うつ伏《ぶ》せ状態で足をパタパタとさせながら、手に持っていたプリントを嬉《うれ》しそうに読み上げる。

「サークル名『くりむクラブ』！ 活動内容は『大学生活を楽しみ尽《つ》くす』！ この内容で、申請が通ったんだよー！ やったね！」

「ええ⁉ ちょ……本当に？」

信じられず、彼女の持っている書類をひったくるようにして確認《かくにん》すると……それは本当に正式な通達書類だった。

「一体どうして……」

唖然《あぜん》とする私に、アカちゃんは「へへへー」とどこか小悪魔《こあくま》じみた笑みを浮《う》かべ、まるでとっておきの種明かしをするように告げてきた。

「実はこの大学、真儀瑠《まぎる》先生のいとこが教授やっているらしいんだよね」

「え、そうなの？ 初耳だわ……」

「でしょう。私もこの前真儀瑠先生とメールした時に、たまたま知ったことだもん！」

「でもそれと、サークル申請受理になんの関係が……」

私の疑問に、アカちゃんはなんでもないことのように、サラリと答える。

「真儀瑠先生を通じて教授を脅迫《きょうはく》した！『私達のサークルの顧問《こもん》やらないと、お前のいとこが碧陽《へきよう》学園で行っている様々な職権乱用をばらすぞー』って！」

「ちょっと待ちなさいな」

「いやぁ、持つべきものは駄目な顧問だね！」

「あのねぇ、アカちゃん……」

色々とツッコミたいものの、脅迫は私の専売特許的なところもあるし、今一つ強く出られない。そうこうしていると、アカちゃんがフォローするように続けてきた。

「でもでも、元々私の要求したのは、『顧問になってくれい！』ってだけだったんだよ？ほら、まだ会えてないけど、真儀瑠先生の親戚《しんせき》が顧問って、なんだかいいでしょ！」

「それは……確かに」

まるでちょっとした生徒会だ。正直、心が浮き立つものがあるのも事実。

アカちゃんは更に続ける。

「で、私はあくまで同好会だと思ってたんだけど……なんかその教授が、勝手に正式なサークルにまでしてくれてたの。ありがたいね！」

「そうなの……」

なんだか今一つ納得《なっとく》いかないものの……サークルが成立したこと自体は、私も素直《すなお》に嬉しい。通達書類をしみじみと眺《なが》めていると、アカちゃんは「そうだ！」と私のベッドの上で立ち上がった。

「もう部室も用意してあるみたいなんだ！　知弦、講義までまだ時間あるでしょ？　見に行ってみようよ！」

「……そうね。行ってみましょうか」

そんなわけで、私達は大学の部室棟《とう》へと向かった。通達書類に描《か》かれた小さい地図を頼《たよ》りに棟内を進むと、三階の一番奥に、それらしき部屋を見付ける。

「あれだ！　多分あれだよ、知弦！」

「ええ、そうみたいねアカちゃん」

心底嬉しそうにはしゃぐアカちゃんと共に、私達の部室へと向かう。

……私達の部室、か。

まさか、再びそういう場所を手に入れられる日がくるとは、思ってもみなかった。

「（前に進めば、またいいことはある……か）」

元生徒会メンバーの合い言葉を思い出す。……本当にその通りだ。未来は、思っていたより、光に溢《あふ》れていて。

私達は部室の前まで来ると、仮にではあるのだろうが、ドアに貼《は》られているサークル名を眺め、二人、温かい気持ちを抱いた。

《くりむクラブ》

そこではこれからも、めくるめく楽しい大学生活が営《いとな》まれていくのであ――

《――あるいは、イースト菌《きん》の働き研究会》

『顧問お前かぁああああああああああああああああああああああ！』

こうして私達のサークル《くりむクラブ――あるいはイースト菌の働き研究会》は発足《ほっそく》し、そこには顧問を始めとして次々とアレなメンバーが集まっていくことになるのだけれど……。

それはまた、別の話。

【転校後の彼女達】

【序幕・戦況《せんきょう》説明】

私立現守《あらかみ》高校はまさに「それなり」のどこにでもある学校だ。

進学校と呼ぶには知名度、学生の平均学力共に低く、かといって学校自体のレベルが低いのかというと、大学進学率、就職率でそれなりに実績を上げているという、なんとも評価に困る高校。要は特に個性のない学校だったということだ。

……そう、「だった」。

それはあくまで、椎名《しいな》姉妹《しまい》が転校してくるまでの話である。

現在はと言えば、まさに戦国乱世。

椎名深夏《みなつ》を筆頭とする鬼神《きじん》派。

椎名真冬《まふゆ》を筆頭とする女神《めがみ》派。

二つの巨大派閥《きょだいはばつ》が日々鎬《しのぎ》を削《けず》り、昼夜問わず学校の至る所で抗争《こうそう》が勃発《ぼっぱつ》しては、勢力図が一分おきに描《か》き換《か》わる。

衝突《しょうとつ》の種類も多岐《たき》にわたる。

体育対決、成績対決、リア充《じゅう》構成員数対決、社会科見学お土産《みやげ》対決。

椎名姉妹の意向もあって直接的な武力衝突に至ることなどなく、それどころかこの戦《いくさ》のおかげで妙《みょう》に学校の平均学力が上がり始めて教師陣《じん》は喜んでいたが、それはそれ。

人が戦を嫌《きら》うのも、また道理。

この状況を最も憂《うれ》いたのは、まさにそれぞれの派閥の長たる、椎名姉妹当人達であった。

彼女達は幾度《いくど》となく争いをやめるよう自分の派閥構成員達に呼びかけた。

そうして、遂《つい》には公式に『鬼神派・女神派交流会』を執《と》り行うこととなった。

期間は五日間。月曜から金曜の放課後、それぞれの派閥でミーティングを行った後、体育館にて交流す。交流の場に椎名姉妹は参加しない。彼女達の目の前で、互《たが》いの派閥構成員が譲歩《じょうほ》することはありえないからだ。

交流の模様は、現守高校新聞部部長・丹下《たんげ》反華《たんか》（簡素な文章で客観的な事実のみを伝えることに定評がある。渾名《あだな》はタンタン）によって記録される。それは翌日のミーティング前に姉妹へと渡《わた》され、次の交流指針に反映して頂くという仕組みだ。

これには反対の意見も多数あったが、心酔《しんすい》しているトップの命令では仕方無い。

こうして、永きに亘《わた》る戦国乱世を終わらせるべく、彼らの交流会は幕を開けたのである。


【第一回交流会前・鬼神派ミーティング】


多目的ホールにて。

一堂に整列する鬼神派を前に、椎名深夏が注意事項《じこう》を呼びかける。

「いいか、お前ら！　あたしの言葉をよく聞けよ！」

『はい！（今日も鬼神様はお凛々《りり》しい！）』

「ここ一ヶ月、転校して来てからというもの、あたし達姉妹は本当に苦労させられてきた！　それもこれも全部、お前らが『鬼神派』だの『女神派』だのという枠《わく》にとらわれて、すぐに揉《も》め事を起こすからだ！」

『申し訳ありません！（今日昼休みの『第八次図書室戦争』もバレてるかな……）』

「しかし、今日こそはお互い仲良くして貰《もら》う！　なんせ、そのためにあたしと真冬が必死で企画《きかく》した集《つど》いなんだからな！」

『はい！（鬼神様が必死で我らのために……光栄至極《しごく》！）』

「うん、いい返事だ。そう、お前らは暴力沙汰《ぼうりょくざた》とか全然起こさないし、なんだかんだ言って根は物凄《ものすご》くいいヤツだって、あたしは知ってるんだ」

『！（！　ほ、褒《ほ》められた！　鬼神様に褒められた！　な、なんたる……）』

「だからな、信じてるぞ。こんな企画急に始めちまって……正直なとこ、不躾《ぶしつけ》な――」

『……（ほけぇ～。……褒められた……。……嬉《うれ》しい……。嬉しい……）』

「――――で、語り合ってこいや！」

『はい！（はっ！　やば、聞いてなかった！　ええと、なんだ、正直なとこ、ぶし……トコブシ？……！　そういうことか！　文脈的にそれしか無いもんな！　よし行くぜ！）』

【第一回交流会前・女神派ミーティング】

大会議室にて。

一堂に整列する女神派を前に、椎名真冬が注意事項を呼びかける。

「いいですか、皆《みな》さん！　真冬の言葉をよく聞いて下さいね！」

『はい！（今日も女神様は神々《こうごう》しい！）』

「ここ一ヶ月、転校して来てからというもの、真冬達姉妹は本当に苦労させられてきました。それもこれも全部、貴方《あなた》達が『鬼神派』だとか『女神派』だとか言って争うからなのです！」

『申し訳ありません！（今日早朝の『ご町内ゴミ拾い選手権』もバレてるかな……）』

「しかし！　今日こそは皆さんに仲良くして頂きます！　そのために、真冬はゲーム時間削ってまでお姉ちゃんと作戦立てたのですから！」

『はい！（女神様がゲームの時間を削って……恐悦《きょうえつ》至極！）』

「いい返事です。真冬は以前の学校でもちょっとこういうことありましたですが、なんだかんだ言って、真冬を慕《した》って下さる皆さんのことは、とてもありがたく思っておりますよ」

『！（ありがたい……だと？　我らのことを……ありがたいとは……なんたる……）』

「ですから、真冬は信じてます。今日は凄《すご》い大人数のイベントになるので、引きこもりの真冬からしたら戦々恐々《きょうきょう》ですけど、どうか皆さん、ご無事で――」

『……（ほけぇ～。ありがたがられた……。……嬉しい……。嬉しい……）』

「――、語り合って来て下さいね！」

『はい！（はっ！　やば、聞いてなかった！　ええと、なんだ、ごぶ……こぶいち、むりりん？……いや、あ、そういうことか！　そうかそうか、そうだよな！　よし行くぜ！）』

【第一回・鬼神派女神派交流会・結果報告】

・鬼神派・女神派は合流後、極《きわ》めて和《なご》やかな雰囲気《ふんいき》で交流を開始。
・全《すべ》ての人間がお互いの派閥に所属する生徒とペアになって歓談《かんだん》。
・しばしの後、各々《おのおの》、その拳《こぶし》に持ち寄ったグローブを装着。
・カンッ、という合図と共に、嬉々として殴《なぐ》り合いを開始。体育館は戦場へと――

【第二回交流会前・鬼神派ミーティング・前半】

「なんでだよ！」

『……（ああ、鬼神様が、まさに鬼神の如《ごと》き表情をなされている……）』

「あたし、昨日言ったよなぁ⁉ 飾《かざ》らない本音《ほんね》で、語り合ってこいやって！」

『⁉』

「え、なんだよその意外そうな表情……」

『……深夏様は……拳で語り合って来いと言われたのでは……』

「言ってねぇよ⁉ 何を勘違《かんちが》いしたんだよ！ 話聞いてなかったのかよ！」

『すいません！（あれぇ、どこかで「こぶし」って単語を聞いた気がするんだけど……）』

【第二回交流会前・女神派ミーティング・前半】

「なんでですかっ！」

『……（ああ、女神様が怒《いか》りの形相《ぎょうそう》を……しかしそれでも依然《いぜん》として可愛《かわい》い！）』

「真冬、昨日言いましたよねぇ⁉ どうかご無事で……存分に、語り合って来て下さいねって！」

『!?』

「な、なんですか、その初めて聞いたような顔は……」

『いえ……すいません（聞き間違えた！　ご無事を、拳って解釈《かいしゃく》してた！）』

「まったく、しっかりして下さいです！」

『すいません！（おかしいとは思ってたんだけど……つい……）』

【第二回交流会前・鬼神派ミーティング・後半】

「まあやっちまったことは仕方無い。今日の交流会で取り返すぞ、絶対！」

『はい！（女神派のヤツらも普通《ふつう》にノッてきたんだけどなぁ……拳で語り合い）』

「やっぱり人と仲良くなろうと思ったら、共通の話題から入るのが一番いいと思うんだ」

『女神派と共通の話題……（……アニメの話題なんかか）』

「聞けばこの現守高校、去年は全校的にガン○ムが流行《はや》ったとか。そうなりゃ話は簡単だ、ガ○ダムの話題から入ろうぜ！」

『はい！（ガンダ○か……でもあの時も……。まあ鬼神様が言うなら仕方無い、やってみるか)』

「では、行ってこい！　熱をもって、アニメを語ってくるんだ！」

『了解《りょうかい》しました！（今日は何も聞き逃《のが》さなかったぞ！）』

【第二回交流会前・女神派ミーティング・後半】

「やってしまったことは仕方無いです。今日取り返しましょう、皆さん！」

『はい！（鬼神派のヤツらもグローブ用意してきてたけどなぁ……）』

「では今日の作戦です。やはり真冬、最初は趣味《しゅみ》の話題から入るのがいいと思うのです！」

『趣味の話題……（そういえば去年はアニメが……）』

「聞くところによると、この学校の生徒は○ンダムが好きらしいじゃないですか！　だったら話は簡単です！　まずアニメの話題で盛り上がりましょう！」

『はい！（アニメか……まあ、女神様が言うのだから、やってみるけど……）』

「では、行ってらっしゃいです！　しっかりガンダ○を語るんですよ！」

『了解しました！（今日は何も聞き間違えていないぞ！）』

【第二回・鬼神派女神派交流会・結果報告】

・鬼神派・女神派は合流後、極めて和やかな雰囲気で交流を開始。

・昨日とは違い、集団同士で熱をもった討論がかわされる。

・場の盛り上がりは最高潮に。全員が会話に参加する、理想の交流会風景。

・十五分後、地○連邦軍 VS ジオン○国軍の代理戦争開始。場は地獄絵図《じごくえず》へ——

【第三回交流会前・鬼神派ミーティング・前半】

「なんでだよ！」

『申し訳ありません！（だってあいつら、ギ○ン・ザビ様をディスるものだから……）』

「お前らはどうしてそうすぐ派閥《はばつ》を作りたがるんだよ！　なぁ!?」

『面目《めんぼく》ないです（実は去年もよく衝突《しょうとつ》してました……）』

【第三回交流会前・女神派ミーティング・前半】

「なんでですかっ！」

『申し訳ありません！（だってあいつら、後半はマクロスフロ○ティアだとかラ○カ派だとかまでぬかし始めたから、ついシェ○ル信者としての血まで騒《さわ》ぎ出して……）』

「アニメの話題をしろとは言いましたが、そこまでヒートアップしなくてもいいじゃないですか！」

『面目ないです（でも女神様や鬼神にも似たとこあるような気が……）』


【第三回交流会前・鬼神派ミーティング・後半】


「まあやっちまったもんは仕方無い。それに今回はあたしのリサーチ不足が招いた結果とも言えるしな。さっさと次に目を向けようじゃないか」

『ありがとうございます！（なんて寛大《かんだい》なんだ、鬼神様！）』

「あたしは、最初から色々注文しすぎたなと反省してるんだ。本来、会話っつうのはもっと当たり障《さわ》り無いところから入るもんだ」

『はい！（確かにいきなり核心《かくしんつ》突きすぎたかもしれない！）』

「そんなわけで、今日はもっと浅い会話をしてこい！　ぼんやり、大体の流れで、テキトーに喋《しゃべ》るだけでもいいんだ。そうだな、いっそ天気の話なんかでいいさ！　それがたとえしょーもない会話だとしても、『話した』という事実だけで、人は結構仲良くなれるもんなんだぞ。あたしは前の学校でそれを凄く学んできたんだ」

『了解しました！（流石《さすが》鬼神様！　言うことに深みがあるな！）』

【第三回交流会前・女神派ミーティング・後半】

「とにかく、次のことを考えましょうです！　前回は真冬も、ちょっと難しい注文しすぎたかもです。反省です」

『そんなことありません！（なんて慈愛《じあい》に満ちているんだ、女神様！）』

「やっぱり思い入れのある話題って、それだけデリケートですもんね。そういうのは、もうちょっとステップ踏《ふ》んでからが良かったんだと思います」

『はい！（確かにお互《たが》い一家言《いっかげん》持つ話題は避《さ》けるべきだったかもしれない！）』

「というわけで、今日はもっと浅い会話をしてきて下さいです！　ぼんやり、その場の流れで、ちょっとした相槌《あいづち》ぐらいでいいです。そうですね、美味《おい》しい食事の話なんかいいんじゃないですかね。それがたとえ毒にも薬にもならない話でも、大事なのは喋ることなんです！　真冬は前の学校で、それを凄く学んで来ましたから」
『了解しました！（流石女神様！　言うことに深みがあるな！）』

【第三回・鬼神派女神派交流会・結果報告】

・鬼神派・女神派は合流後、極めて和やかな雰囲気で交流を開始。
・前回、前々回の反省もあってか、今回は集団同士の交流ではなく、それぞれが代表者（男子生徒）を立てての交流を実施《じっし》。
・以下、代表者のやりとりをそのまま原稿《げんこう》に起こすと同時に、後に聞いたそれぞれの心境を、カッコ書きで添付《てんぷ》致《いた》します。

鬼神派「それにしても……あれだよな（あー、早速《さっそく》話題に詰《つ》まったなぁ……）」
女神派「そうだよな……あれだよな（ここは、そろそろメシの話題をば……）」
鬼神派「最近は、ちょっとぼんやりしてて微妙《びみょう》だよな（天気の話題、天気の話題）」
女神派「ああ、そうだな。確かに……（お、学食の味付けの話題か。そうなんだよな）」

鬼神派「なんか来週から台風来るらしいぜ（天気の話題、天気の話題……）」
女神派「へぇ～、タイ風。タイ風ね。……それ、カレーか？（知らなかった……）」
鬼神派「え!? い、いや、華麗《かれい》かどうかはちょっと分からないけど……（どういうこと!?）」
女神派「そっか。しかしそうなると、少し荒《あ》れるかもな……（学食ただでさえ混《こ》むし……）」
鬼神派「いやいや、少しどころか、大荒れだろうよ（なんか平成最大の台風らしいし……）」
女神派「お、大荒れ!? そ、そこまでいくかな……（いくらなんでもカレー如《ごと》きで……）」
鬼神派「馬鹿《ばか》、お前台風舐《な》めんなよ！ 物凄《ものすご》い雨、あられの嵐《あらし》なんだぞ！（本当に！）」
女神派「飴《あめ》、あられの嵐!? なにそれ、超《ちょう》甘そうじゃん！（どういうこと!?）」
鬼神派「は？ 全然甘くねぇよ！ 日によっちゃ、雹《ひょう》まで来るつう話だぜ（まったく！）」
女神派「ヒョウまで来る!? え、タイ風ってヒョウとか入ってんの!?（マジかよ！）」
鬼神派「え、ああ、おう……そりゃ雹ぐらい来るだろうさ……（なにこいつキモイ）」
女神派「そっか……ヒョウが……どうやって……（肉、どっから入荷《にゅうか》するんだろう……）」
鬼神派「ああ、徐々《じょじょ》に北上してくるってよ（アナウンサーが言ってた）」
女神派「徐々に北上!? え、なに、まさか走って来んの!?（なにそれ怖《こわ》い！）」
鬼神派「そりゃ稲光《いなびかり》も走るだろうさ（なんせ平成最大の台風だもんな）」
女神派「名前までついてんのかよ!?（ヒョウの『イナビカリ』!? 俺達それ食うの!?）」

鬼神派「な、名前？　いや……十七号とか呼んでたけど……（知るか、んなの）」
女神派「冷たい呼び方だなおい！　そんなのってねえだろ！（イナビカリ超可哀想《かわいそう》！）」
鬼神派「はぁ!? んだてめぇ、さっきからわけわかんねぇことを！（流石にキレたぜ！）」
女神派「はん、これだから鬼神派の連中は嫌《きら》いだ！　慈悲《じひ》の心がねぇ！」
鬼神派「そりゃこっちの台詞《せりふ》だ！　女神派の連中は不思議ちゃんキャラやめろや！」

・以降、お互いの勢力入り乱れての大乱闘《らんとう》へと――

【第四回交流会前・鬼神派ミーティング・前半】

「なんでアン○ャッシュ系コントからの喧嘩《けんか》なんだよ！　お前ら器用すぎるだろ！」
『すいません……（原稿に起こされてようやく真相に気付きました……）』

【第四回交流会前・女神派ミーティング・前半】

「なんでアンジャッ○ュ系コントからの喧嘩なのですか！　わざとなのですか!?」

『滅相《めっそう》もありません！（正直自分達でもびっくりです！　軽く感動さえ覚えています！）』

【第四回交流会前・鬼神派ミーティング・後半】

「はあ……なんかもうあたし、疲《つか》れてきたよ……」

『！（鬼神様が！　あのバイタリティ溢《あふ》れる鬼神様が疲れに満ちたお顔を！）』

「お前らが慕《した》ってくれるのは嬉《うれ》しいんだけどさ。こういうんじゃないんだよな……正直」

『……（おいたわしや、鬼神様……）』

「……ああ、もう今日も交流会の時間か。じゃ、お前ら、行ってこいや。いい加減、女神派のヤツラにちょっとぐらい歩み寄ってやってくれ……」

『はい！（鬼神様……我らは……我らは！）』

【第四回交流会前・女神派ミーティング・後半】

「はあ……なんか真冬、ぐったりさんです……」

『！（女神様が！　我らを常に癒《いや》して下さる女神様の笑顔《えがお》が曇《くも》っておられるだと!?）』

「どうして、うまくいかないんでしょう。真冬は、ただ皆《みんな》で楽しくいたいだけなのに……」

『……（おいたわしや、女神様……）』

「……ああ、もう今日も交流会の時間ですね。じゃ、皆《みな》さん、行ってきて下さいです。そろそろ、鬼神派の皆さんに歩み寄って下されば嬉しいです……」

『はい！（女神様……我らは……我らは！）』


【第四回・鬼神派女神派交流会・結果報告】

・鬼神派・女神派は合流後、極《きわ》めて和《なご》やかな雰囲気《ふんいき》で交流を開始。
・鬼神派、まさかの歩み寄り。「女神様もよくやっている」等と発言。
・女神派、まさかの歩み寄り。「鬼神様もよくやっている」等と発言。
・しばらくお互いの歩み寄りが続く。今までにない和やかムードの交流会。
・遂《つい》に、お互いがお互いの思想に完全に歩み寄るという、交流の最終目標を達成。

・その結果――

【第五回交流会前・鬼神派ミーティング・前半】

『本日をもって、我ら元女神派一同、全員鬼神派の傘下《さんか》に入るべく馳《は》せ参じました！』

「お、おお……！　それは、つまり……」

【第五回交流会前・女神派ミーティング・前半】

『本日をもって、我ら元鬼神派一同、全員女神派の傘下に入るべく馳せ参じました！』

「な、なんと！　それじゃつまり……」

【第五回・鬼神派女神派ミーティング・両会場同時刻】

『それって、ただ構成員が丸ごと入れ代わっただけだよなぁ⁉（ですよねぇ⁉）』

【第五回交流会前・鬼神派ミーティング・後半】

『そんなわけで、女神様をトップの重責から解放すべく、鬼神様こそを真のトップにしようと考え馳せ参じました！　これからよろしくお願い致《いた》します！』

「ちゃんと鬼神派の連中も居た昨日までなら嬉しかったんだけどなぁ！」

『全《すべ》ては女神様のために！　鬼神様！　鬼神様！』

「いやもうなんだこれ！　どうしろと！　この状況《じょうきょう》での交流とか、どうしろと！」

『鬼神様をトップにして女神様を楽にするためならば、我ら、もはや女神様を討《う》つことさえ辞さない気構えですぞ、鬼神様！　なんなりとお申し付けあれ！』

「なんか好意がとんでもない歪《ゆが》み方してんなお前ら！　はぁ……もう帰りたい……」

『む、ならば帰宅部へどうぞ！　この学園の伝統たるその部へ在籍《ざいせき》する彼らこそは、帰宅のエキスパート！』

「はぁ？　ああ、なんか真儀瑠《まぎる》先生もそんなこと言ってたな……先生もここ出身で、自分が帰宅部作ってきたとかなんとか……」

『鬼神様は帰宅神ともお知り合いですか！』

「真儀瑠先生、後輩《こうはい》に帰宅神とか呼ばれてんのかよ！　この学校神様作るの好きだな！」

『八年前からそういう校風ですから！』

「どういう校風なんだよ！　誰《だれ》だそんな流れ作ったの！」

『それは伝説に残る、帰宅神の真儀瑠氏やその配下の式見《しきみ》――』

「ああ、いや、もういい。そんなしょーもない歴史聞きたくない。んなことより、今は目の前の問題だ。今日の交流会を、どう乗り切るか……」

『女神様を討ちますか』

「討つな！　ああもう……とにかく、今日の交流会、喧嘩だけはすんな。あたしが言うのもなんだけどさ」

『……（本当に、鬼神様が言うのもなんだな……）』

「あたしは、どっちの派閥《はばつ》のヤツラも根は凄《すご》くいいヤツらだってこと、知ってるからさ。その二つで争って、仲違《なかたが》いとかして欲しくねぇーんだよ……」

『！（鬼神様！　なんという……）』

「拳《こぶし》で語り合うのもいいけどさ。まずは言葉で語り合ってくれねーかな。ははっ、あたしに言われたくねーか。そうだよな。でもさ、あたしは碧陽学園で……前の学校で、言葉で語り合うことの楽しさを知ったんだ。それを今度はお前らにも伝えられたらなって……そんな風に思って、これまでやってきたんだ」

『鬼神様……（我らは、勘違《かんちが》いしていた。鬼神様とは、こういうお方であったのか！）』

「ん、そろそろ時間か。じゃあ、交流会行ってこい。もうあたしからは何も言わねーよ。思うがままに、してきたらいいさ。……よし、行け！」

『はい！（我らは……我らは……）』


【第五回交流会前・女神派ミーティング・後半】


『そんなわけで、鬼神様をトップの重責から解放すべく、女神様こそを真のトップにしようと考え馳せ参じました！　これからよろしくお願い致します！』

「はぁ、よろしくです……」

『あまり警戒《けいかい》しないで頂けると幸いです！　今は我ら、忠実な女神様の下僕《しもべ》ですから！』

「はぁ……でも、その、やっぱり皆さんは、心の奥のところでは、お姉ちゃんが好きな、鬼神派なのですよね？」

『女神派など滅《ほろ》びろと考えております！』

「心許せそうにないのですが！　見方によっては真冬、今大ピンチですよねぇ!?」

『女神様の身は我らが守ります！　たとえ同士討ちが起ころうとも！』

「なんなのですかその歪んだ覚悟《かくご》は！　というか最近皆さん、役に入り込みすぎて引き返せなくなってる感ありますよねぇ!?」

『う……（正直若干《じゃっかん》その気配はあります！　俺達実際は普通《ふつう》の学生だし！）』

「はぁ……まあいいです。ええと、じゃあ、今日の交流会ですが……」

『はい！　なんなりとお申し付け――』

「好きなように暴れてくれて、結構です」

『――は？』

「真冬、今までちょっと間違ってたかもです。皆さんが傷つくのがイヤで、出来るだけ気持ちをオブラートに包むような指示ばかりしてきちゃいましたが……それじゃ、ホントは駄目《だめ》ですよね。真冬が元居たクラス……一年C組の皆さんとだって、気持ちをぶつけあって、初めて本当に仲良くなれたっていうのに……」

『……（女神様……なんとお優《やさ》しい顔をなさるのだ……）』

「だから、もし暴れたいなら、暴れてもいいです。それが皆さんの本音なら。それでもし傷つくことがあれば……その時は、真冬が責任持って治してあげますから！」

『！　女神様！（なにを勘違いしておったのだ我らは！　彼女のどこが軟弱《なんじゃく》だ！　女神様とは……女神様とは、こういう方であったのか！）』

「では、いってらっしゃいです！　ゲームもＢＬも現実も、全力体当たりが一番ですよ！」

『はい！（我らは……我らは……）』


【第五回・鬼神派女神派交流会・結果報告】

・鬼神派・女神派は合流後、極めて暗いムードで向かい合い、交流は始まらない。
・五分経過するも、誰一人、交流出来ず。
・このままでは埒《らち》が明かないため、先日と同じく、互《たが》いに代表者一名を立てる。
・以下、そのやりとりを記す。

女神派「……よう」
鬼神派「……おう」

女神派「…………」
鬼神派「…………」
女神派「……なんか、さ。今日鬼神様と直《じか》にあったらさ……。なんか……さ」
鬼神派「おぅ……。……その、こっちも、女神様見てたら……なんか……な」
女神派「…………」
鬼神派「…………」

女神&鬼神派『なんか、情けなくなったよな』

女神派「……そう、だよな」
鬼神派「ああ……俺達……なにやってんだろうな。女の子二人追い込んで……」
女神派「……二人ともさ……絶対……前の学校の方が良かったって、思ってるよな……」
鬼神派「……そうだな。楽しそうだもんな……前の学校の話する時……」
女神派「…………」
鬼神派「…………」

・再び場が停滞《ていたい》。仕方無いので、事前に渡《わた》されていたコメントVTRを流すことに。
・本来ならば交流会の締《し》めに上映するものだが、新聞部判断で予定を前倒《まえだお》し。
・以下、それぞれのトップが事前に録画した、交流会締めコメントを記す。

・最初にプロジェクターで映し出されたのは、鬼神派トップ、椎名深夏氏。

「交流会最終日ご苦労さん！　悪かったな、あたし達の思いつきに付き合わせちまって！　あー、正直これ、交流会の一日目始まる前に録《と》ってるから、結果がどうなったのか全然分かってねぇんだけどさ。これを見てるっつうことは、なんにせよ、無事五日目の最後までやりきったっつうことなんだと思う！　本当にお疲《つか》れさん！

えっと……実を言うとさ、最初転校が決まった時は、凄《すげ》ぇイヤだったんだ。あたし、前の学校のこと大好きでさ。徐々《じょじょ》に覚悟が決まったとはいっても、やっぱ、イヤだと思っちまう気持ちはどうしようもなくてさ。それは、多分、実際にここに来るまで、ずっとあったんだと思う。

でもさ。

今は、ここに来られて良かったって、ちゃんと思ってるぜ！

お前ら本当にバカだけど。困ったことばかりするけど。

でも、凄ぇいいヤツらだ。

……知ってるぜ。この派閥《はばつ》争い……最初は、あたしや真冬のクラスメイト数人がちょっとした遊びで始めた、あたし達を受け入れるためのレクリエーションだったんだってこと。

まあいつの間にかそれが予想外に拡大して、結果こんな感じになっちまったけど。

でも、そこには善意しかなくてさ。

あたしも正直、困ること多かったけど、見てて笑えること多かったのも事実でさ。

……ありがたいなって、思ったんだ。

あたしは前の学校が……碧陽学園が大好きだ。

でも、お前らのこと……現守高校のことも、大好きだぜ！

だから、今みたいに変に意地張って抗争《こうそう》ごっこ続けないでさ。

みんなで、仲良く……活気ある学園生活送れたら、もっと楽しいだろうなって、思う！

ほら、あたし熱血好きだからさ（笑）。

じゃ、そんな感じで！　みんな、今回は交流会に参加してくれて、ホントサンキュな！」

・続けざまに、椎名真冬氏によるコメント。

「こ、交流会お疲れ様でしたです！……か、カメラって緊張《きんちょう》しますですね……。すぅ……はぁ……。こほん。えと……皆《みな》さん、仲良しさんになれましたですか？　なってくれてたら凄く嬉《うれ》しいです。

……真冬、ゲームのオンライン対戦っていうのが好きです。大人数入り乱れての銃撃《じゅうげき》戦とか。あれって不思議ですよね。やっていることは、それこそ戦争なのに。遊び終わった時には、そのプレイヤーさんと友達になりたい、また一緒《いっしょ》にやりたいって思えるのです。えと……だから、皆さんも、そんな風に笑い合える関係になって下さっていたら、嬉しいなって、思うんです。

……真冬は、元々自分を主張するのが苦手でした。誰《だれ》かに自分の気持ちをぶつけるって、凄く怖《こわ》いです。相手にそれを理解して貰《もら》えなかったら、どうしていいか分かりませんです。でも……前の学校で生徒会をやっていた時に、ふと気付きました。

お互い理解し合えなくたって、仲良しになることは、出来るんだって。真冬の好きなものが、相手も好きだったら嬉しいです。でも真冬の好きなものが、相手は嫌《きら》いでも、それはそれで面白《おもしろ》いことなんだって、今は思えるのです。えと、だから……あれ、でも、皆さんはもう交流会終わっているわけで、今更《いまさら》こんなこと言うのも……あれぇ？

と、とにかくです！　皆さん、仲良くしましょうです！

真冬は、色んな考え方を持った皆さんと、それでも、まったり、ゆったり学園生活を送っていければなって、そう思います。

だって……。

だって真冬、皆さんがとても優《やさ》しい人達だって、知ってますから！

真冬は、この現守高校のことが、すっかり好きになってしまっていますから！

ええと、では、なに言ってるのかよく分からなくなってきましたので、これにて！」

・ＶＴＲ上映が終わり、場は静寂《せいじゃく》に包まれる。

・しばしの後、両陣営《じんえい》の代表生徒がやりとりを再開させた。

鬼神派「俺達……間違ってたな」

女神派「ああ……そうだな。女神派、鬼神派に分かれて抗争なんて……愚《おろ》かだった」

・二人の言葉に、深く頷《うなず》く両陣営の生徒達。

鬼神派「鬼神様――いや、深夏さんの言葉に、俺達は報《むく》いなければ」

女神派「ああ。女神様――いや、真冬ちゃんの願いに、俺達は報いなければならない」

鬼神派「二人にあそこまで言われちゃ……もう答えは決まっているよな？」

女神派「ああ、そうだな。……ちょっと照れ臭《くさ》いけどな」

鬼神派「でも、力を合わせて作ろうぜ、新たな、楽しい学園生活……」

女神派「ああ！　俺達の手で作ってやろうぜ。まさに理想の……」

・二人、少しはにかみながら、ガッと握手《あくしゅ》を交《か》わす。そして――

鬼神派「熱血学園生活を！」

女神派「まったり学園生活を！」

鬼神派「…………」

女神派「…………」

両派閥『…………ん？』

【第五回・鬼神派女神派交流会・新聞部部長による口頭での結果発表】

「――というわけで、『女神派』と『鬼神派』の抗争には幕が引かれましたが、お二人には引き続き、コメントの責任を取って頂くカタチで『熱血学園派』と『まったり学園派』それぞれの代表を引き受けて貰いま――」

姉妹《しまい》『やってられるかぁあああああああああああ！（ますかぁああああああ！）』

私立現守高校。

そこでは常になんらかの派閥争いが繰《く》り広げられている。

【続生徒会の一存】

「友情に距離《きょり》は関係ないのよ！」

会長がいつものように小さな胸を張ってなにかの本の受け売りを偉《えら》そうに語っていた。

画面の中で。

「というわけで、第一回・オンライン生徒会開催《かいさい》！」

『おー！』

パソコンに接続されたヘッドフォンから元生徒会役員達の歓声《かんせい》が漏《も》れる。

画面上には、桜野《さくらの》くりむ、紅葉《あかば》知弦《ちづる》、椎名《しいな》深夏《みなつ》、椎名真冬《まふゆ》、そして俺・杉崎鍵《すぎさきけん》の顔を映し出す五つのビデオウィンドウ。

そう、今日は卒業式後初めて、五人揃《そろ》ったオンライン会議が行われる日だ。

画面の中で涼《すず》しげなタンクトップ姿の深夏が感慨《かんがい》深げに吐息《といき》を漏らす。

「いやしかし、まさかこの企画《きかく》が実現するまで約三ヶ月を要するたぁなぁ」

それに対し、赤いポロシャツを着た知弦さんが「そうね」と同意。

「ネット環境《かんきょう》導入に際してのトラブルに始まり、それぞれの都合が上手《うま》く合わなかったのは勿論《もちろん》、うまく揃った時に限って通話ソフトの不調があったりと……ホント、色々あったものね」

皆《みんな》が頷く中、部屋着らしい緩《ゆる》いダボっとしたTシャツを羽織っているだけの真冬ちゃんが「でも」と苦笑い。

「二人とか三人での通話はよくしていましたから、実は新鮮味《しんせんみ》薄《うす》いですよね」

「確かに」

俺も苦笑いで応じる。ちなみに俺の格好はと言えば、生徒会（あ、新生徒会の方な）の会議を終えて帰宅直後のため、ブレザーを脱《ぬ》いでネクタイを外したシャツだけの姿だ。

そのまま俺達がガヤガヤと雑談を始める中、会長がそれを「せいしゅくに！」と一喝《いっかつ》する。彼女は胸を反《そ》り返らせてはカメラを睨《にら》み付け……どうやら威厳《いげん》を出したがっているようだったが、俺達には今一つ効果がない。なぜなら……。

『（なんでもうパジャマなんだろう、この人……）』

可愛《かわい》い動物柄《がら》のパジャマを着た会長を眺《なが》める。

……いってもまだ夕方の六時前。いくら早寝《はやね》早起きといえど、流石《さすが》にパジャマ着用は早い気がするのだが……。

本人も俺達のそんな視線に気がついたのか、「あ、これ？」と自分のパジャマを指で摘《つま》む。そうして会長は、無邪気《むじゃき》な笑顔《えがお》をカメラに向けて来た。

「可愛いでしょー！」

「いや、そういうことじゃなくて……会長、もう寝るんですか？」

全員を代表して訊《たず》ねる。会長は不思議そうに首を傾《かし》げた。

「あ、今日はいつもよりはちょっと早めにお夕飯食べて、お風呂《ふろ》入ってパジャマ着たよ。皆と喋《しゃべ》ってから、歯磨《みが》いて寝るの」

『（なんて健康的な大学生！）』

健康的すぎて、逆に不健康な気さえしてくる。朝何時に起きるんだよ、この人。大学の講義開始時間とか考えると、むしろ生活時間設定が間違《まちが》っている気がしてならない。色々心配になってきたところで、知弦さんが「まあ普段《ふだん》寝るのは九時とか十時とかだから」と補足してくれた。

深夏が暑そうに手で顔を扇《あお》ぎながら告げる。

「そういや知弦さんは会長さんと同じ寮《りょう》に住んでるんだもんな」

「ええ、そうよ。だからホントはどっちかの部屋から通話してもよかったんだけど……」

そう知弦さんが言ったところで、会長がギンッと視線を鋭《するど》くした。

「それじゃ『オンライン会議』っぽくないでしょ！　やっぱり五人それぞれのウィンドウがないと！」

会長のその言葉に、深夏がげんなりした表情を見せる。

「ま、こっちも会長さんにそう言われたから、あたしがわざわざ真冬からノートパソコン借りて自分の部屋に戻《もど》ってるわけだしな」

そういやそうだ。普段は「椎名姉妹《しまい》」という括《くく》りで一台のパソコンから通話していたが、今日はもう一台別に使っている。元々機材は揃っていたとしても、やはりセッティング等、面倒《めんどう》は面倒だったはずだ。

「でもそのおかげで、なんか『っぽくなってる』でしょ！」

「確かに、テ〇ルズシリーズのフェイスチャットみたいなワイワイ感はありますね」

「でしょう！　それを狙《ねら》ったところも、ある！」

会長が無駄《むだ》なドヤ顔で告げる。絶対嘘《うそ》だ……。

まあしかし確かに、これは壮観《そうかん》だ。

元生徒会メンバー五人の顔が、一つの画面に勢揃《せいぞろ》い。

実際妙《みょう》に感動はしちまう。

しばし無言の時間が過ぎ、ひとしきり状況《じょうきょう》を堪能《たんのう》したところで会長がこほんと咳払《せきばら》い。

「では、そろそろ会議を始め——って、？　なにこの音楽。テレビ？」

改めて仕切り直そうとした矢先に、会長が不機嫌《ふきげん》そうに会議をストップさせる。全員が耳を澄《す》まし、「確かになんかうるさいな……」という表情を見せる中。

ただ一人……俺だけは、毅然《きぜん》とした態度でそれに応じてやった。

「通話しながら『アイ！　マイ！　ま○ん！』見て、何が悪いんですか！」

『消せ！』

全員から一斉《いっせい》にツッコミを受けてしまった。しかし俺もそこは譲《ゆず》れない。

「バイトや生徒会活動を考えると、生でクッキングアイドルを見られる機会なんてそうそうないんですからね!?　朝の回は流石に眠《ねむ》いし！」

「知らねぇよ！　っつうかお前にとって生徒会ってその程度のもんだったのかよ！　ガッカリだよ！」

「こっちこそガッカリだよ深夏！　お前……○いんちゃん舐《な》めてると、痛い目見るぞ！　クッキングされちゃうぞ！　刻んだり煮込《にこ》んだりされちゃうぞ！」

「どんなま○んちゃんだよ！　それお前の方がイメージ冒瀆《ぼうとく》してねぇか——」

「♪　クッキンクッキン！　おいらもクッキン！　盛りに盛られて構わない！♪」

「オリジナルの合いの手入れて踊《おど》ってんじゃねえよ！　キモッ！　なんだこれ！　最早《もはや》お前んとこのビデオ映像、超絶《ちょうぜつ》クオリティの低い『踊ってみた』動画みたいになってんだけど！　なんかやめて！　あたし達の方が恥《は》ずかしいから、ホントやめて！」

深夏を始めとして生徒会メンバー全員からの猛抗議《もうこうぎ》を受けて、仕方無く踊りを中断し、テレビの音声をミュートにする。……まあいいや、録画してあるし。

会長が更《さら》に仕切り直す。

「さて、今日の議題は他でもない。元役員達による……現状報告会だよ！」

ばばーんと満を持して告げた割には、「だろうなぁ」という感想しか出て来ない議題だった。全員の微妙《びみょう》なリアクションを、仕方無いので俺が代表して言葉にする。

「でも会長、さっき真冬ちゃんも言ってましたけど、二人や三人での通話なんかは今までも結構してたわけで。互《たが》いの現状なら、そこそこ知ってるっつうか……」

一応ざっくりとではあるが、会長&知弦さんの大学生ペアが妙なサークル活動始めた経《けい》緯《い》とか、椎名姉妹の転校先で勃発《ぼっぱつ》していた鬼神《きじん》派と女神《めがみ》派の抗争《こうそう》の顚末《てんまつ》やらは聞いているわけで。俺にしたって、ここ数ヶ月取り組んでいた新生徒会関連のドタバタ劇はちょいちょい元役員達にも話しているし。

そんな俺の疑問を、しかし会長は相変わらずの無駄に不敵な笑みを浮《う》かべ、「甘いなぁ、杉崎は」と一蹴《いっしゅう》した。

「甘いよ。ホント甘いよ、杉崎。その甘さ、うちの学食のスイーツレベルだよ！」

「いやそのたとえは全然伝わって来ないんですが……」

見ればなんか知弦さんだけにウケていた。その大学あるあるなのか……。

「えと、じゃあ……エロゲーに出てくるハーレム主人公に実際努力次第《しだい》ではなれるんじゃないかという思想ぐらい、あまあまさんだよ！」

「そのたとえは物凄《ものすご》く伝わってくるんですが、なんか胸が痛いんでやめて貰《もら》えますか！」

元々自分が俺にギャルゲー（エロゲー）を勧《すす》めてきたクセに！

しかしそんな俺の不満になど見向きもせず、会長は話を続ける。

「これはオンラインといえど、生徒会の会議なんだよ！　となれば、その報告は、生徒会的な活動に関することに決まっているじゃない！」

会長の言葉に、真冬ちゃんが首を傾げる。

「生徒会的な活動に関すること……ですか？」

「そう！　皆の日常方面の報告はさておき、あれから今日に至るまで、皆がちゃんと元生徒会役員精神を忘れずに活動出来ていたのか！　それを、今日は報告して貰いたいと思うの！」

「はぁ……よく分かりませんけど……」

ぽかんと真冬ちゃん。……安心してくれ真冬ちゃん。俺達も全然分かってないから。

しかし会長の中では全員の理解を得られたものとして話が進んでいるらしく、詳《くわ》しい追加説明もないまま、早速《さっそく》会議が開始される。

「では、まず真冬ちゃん！　ここ最近の、貴女《あなた》の生徒会精神に則《のっと》った活動を教えて！」

「はぁ……生徒会精神に則った活動ですか……」

やはりイマイチ質問を把握《はあく》しきれていない様子の真冬ちゃんが、それでも何とか思案し……そして数秒後、カメラに笑顔を向けた。

「中目黒《なかめぐろ》先輩《せんぱい》に、杉崎先輩と男二人の旅行に行ってみては如何《いかが》でしょうと提案しました」

「はぁあああああああああああああああああああああああ!?」

不意打ちのような言葉に俺は思わず絶叫《ぜっきょう》する。メンバー達は全員顔を顰《しか》めて一時的にヘッドフォンを外す中、真冬ちゃんが笑顔で続けてくる。

「これはまさに、生徒会精神に則った活動ですよね！」

「んなわけあるかっ！　会長が言っているのは、絶対そういうんじゃなくてだな……」

俺が抗議《こうぎ》に出ようとしたところで、改めてマイクを装着した会長の声が割り入る。

「そういうことだよ真冬ちゃん！」

「そういうことなの⁉」

思わぬ裏切りに俺が愕然《がくぜん》とする中、会長が興奮した様子で告げる。

「まさに以前の生徒会を彷彿《ほうふつ》とさせる動き！　真冬元会計、見事であるぞ」

「ははー、恐悦至極《きょうえつしごく》に存じますー」

「いやいやいやいやいや、え⁉　今回の議題ってそういうのでいいんスか⁉　なんか俺の解釈《かいしゃく》と大分違《ちが》うんですけど！」

「なんなのさー、杉崎。まだちゃんと分かってないの？　ダメダメだなー、杉崎は。勉強は出来ても、ＩＱが低いよね、ＩＱが。そういうタイプだよね、杉崎って」

「く……」

このお子様会長に頭脳を批判されるなんて、なんたる屈辱《くつじょく》！　思わず押し黙《だま》る俺に、会長が溜息《ためいき》交じりに告げる。

「しょうがないなぁ。じゃあ杉崎にも議題の本質がのみ込めるように……次、はい、深夏！　最近した生徒会的な活動を教えて！」

「お、あたし？　いいぜ、あたしはな……」

振《ふ》られた深夏が意気揚々《ようよう》と答え始める。よ、よし、深夏。俺と近い常識を持つお前なら、この問いに俺のイメージしてたような真面目《まじめ》な回答を返してくれることだろ——

「今日鍵のコメカミに向けて、全力で特製スーパーボールを投げておいたぜ！」

「テロすぎる！　なんだそれ！　そんなものが生徒会活動であってたまるか——」

「そういうことだよ、深夏！　それこそＴＨＥ・生徒会！」

「なんでだよ！」

満足そうに頷《うなず》く会長。そして深夏はニカッと快活に笑い、カメラに視線を向ける。

「楽しみにしててくれよ、鍵！　朝投げたから、今日中には着弾《ちゃくだん》すると思うぜ！」

「ア○ゾンのお急ぎ便かよ！」

無駄に優秀《ゆうしゅう》な配送システムだった。……まあとはいえ、いくら深夏が化物じみてるといっても、流石《さすが》にコレは着弾するはずないよな。いくらなんでも物理的にありえな——

「へへへ、知弦さんも、協力サンキュな！」

「いいのよ深夏。ジェット気流と重力、そして地球の自転をフルに活用した弾道計算ぐらい、私のパソコン技術にかかれば朝飯前よ」

「なんかマジで届きそうな気がしてきたんスけど!?」

だ、大丈夫《だいじょうぶ》だよな？　流石にそんなことはありえない……よ、な？

げんなりする俺の反応をどう見たのか、会長が不満そうな声をあげる。

「んー、どうやら杉崎はまだ『生徒会』というものが分からないみたいだね。のみ込み悪い子だなぁ」

「いや、分からないっていうか、こんな生徒会は分かりたくもないっていうか……」

「しょうがない。じゃ、次、知弦！　知弦も言ったげて、最近の生徒会的活動」

「分かったわ、アカちゃん」

話を振られて知弦さんが口を開く。よし、なんだかんだツッコミ気質の知弦さんならば、流石に俺の言わんとしていることも理解してくれているだろう。言ってやって下さいよ、知弦さん！　生徒会精神に則った活動って、こういうもののことを言うんだと——

「実はこの通話中に、キー君のパソコン経由してＣＩＡ本部にハッキングかけてたわ」

「道理で口数少ないと思いました！」

「てへぺろ」

「いやそれで許される範囲《はんい》は大幅《おおはば》に超《こ》えているでしょう！　く、会長！　これは流石にただの犯罪行為《こうい》！　生徒会的活動だなんて言いませんよね――」

「ブラボーだよ知弦！」

「ちくしょう！」

「あ、ちょっと待ってね皆《みんな》。今この通話ソフト使ってロズウェル事件の真相と、あと宇宙人の解剖《かいぼう》記録映像（本物）送るわ」

「送るな！　知弦さんは俺達を何に巻き込みたいんですか！」

「え……キー君って、トラブル大好きだったわよね？」

「そんなもの、俺がいつ好きだって言いましたか！　いつ！」

「あれ？　いつだったか聞いた覚えがあったんだけど……ダークネスなトラブルが好きとかなんとか……」

「その台詞《せりふ》をそんな風に覚えられてるとは！」

怖《こわ》っ！　歳月による記憶《きおく》の歪曲《わいきょく》、ホント怖っ！

俺がツッコミ疲《つか》れてぜぇぜぇ言う中、会長が追い打ちをかけるように胸を張る。

「ちなみに私は――」

と、その瞬間《しゅんかん》。

〈ザザ――ザザザザッ！〉

「のわぁっ!?」

ヘッドフォンから突如《とつじょ》雑音が漏《も》れる。

あまりの大音量に声を上げるも、ノイズ自体はすぐに収まった。しかし本当の異変は、そこからだった。

『杉崎？（キー君？　先輩？　鍵？）』

全員が一斉《いっせい》に、不安そうに俺の名を呼ぶ。見れば、知弦さんと会長の画面がなぜか真っ暗だ。俺が「大丈夫ですか？」と声をかけると、またも一斉に四人がガチャガチャと喋《しゃべ》り、しかし俺がそれを指摘《してき》すると、姉妹《しまい》が不思議そうに首を傾《かし》げる（会長と知弦さんの様子は暗くて見えない）。

そうして何度かすれ違い応答を繰《く》り返した末、四名が、殆《ほとん》ど同時に声をあげた。

『もしかして、杉崎（キー君・先輩・鍵）の声しか、聞こえない？』

「え？」

その指摘に改めて応答を交《か》わしてみると、なるほど、俺とそれぞれは通信出来ているようだが、女子メンバー同士の通話が出来ない状態らしい。

そして、原因はどうやら会長と知弦さんの寮《りょう》にあるようだとも判明。聞けば、二人の寮が停電に見舞《みま》われたらしい。ノートパソコンや無線ＬＡＮ端末《たんまつ》は充電《じゅうでん》で生きているようだが、それでも通信関係になんらかの影響《えいきょう》はあったようで、このような不思議な状況《じょうきょう》となったわけだ。半泣きの会長を宥《なだ》めて何度か再起動やらなんやらを試みたものの、無駄骨《むだぼね》。

知弦さんがテキパキと小型懐中《かいちゅう》電灯を持ち出して対処にあたる中、しかし会長は闇《やみ》の中で怯《おび》えるばかり。そうしていよいよ限界そうな泣き顔（パソコンの明かりで少し見えた）を浮《う》かべ始めたため、俺は状況の改善を図《はか》ろうと提案した。

「じゃあ、互《たが》いの部屋に合流したらどうですか？」

その、俺の提案に。

モニターの中の――四名全員から、返答。

『うん！（おう、ええ、はい！）』

「……へ？」

これに戸《と》惑《まど》ったのは他ならぬ俺だ。今のはあくまで会長だけに向けて、知弦さんの部屋に身を寄せたらどうかという提案のつもりだったのだが……なぜだか、知弦さんも椎名姉妹もそれを自分への提案と受け取ってしまったらしく、笑顔で頷いている。

「あ、いや、そうじゃなくて、今のはあくまで会長だけに……」

そうフォローしようとするも、時既《すで》に遅《おそ》し。全員がヘッドフォンを外し、ガタガタと移動の準備を整え始めてしまっていた。……まあ、それで問題があるわけでもなし、別にいいかと、俺も勘違《かんちが》いの訂正《ていせい》を諦《あきら》める。

――この判断を、後々激しく後悔《こうかい》することになるとも、知らずに。

数分後、それぞれの準備が整う。

会長と知弦さんは無線式のカメラ&ヘッドフォンを導入しているため、それぞれパソコンは部屋に置いたままそれらだけ持って行動することに。ヘッドフォンバンドの頭頂部にカメラをクリップで設置することにより、二人の視点がダイレクトにこちらに伝わるようになっている。ゲームで言うところの、FPSみたいな感じだ。本人は映らず、本人の視界が映る。

一方、椎名姉妹はと言えば、特に停電に見舞われているわけでもないのだから合流の必要などないのだが……。

「うっしゃ、面倒臭《めんどうくせ》ぇ！　ノーパソごと持ってくぜ、もう！」

パソコンに明るくない深夏が痺《しび》れを切らしたようにパソコンを持って立ち上がる。どうやらノートパソコン自体にカメラやらマイクやらが組み込まれているもののようで、会長達とは反対に、画面には相変わらず深夏の顔が映る。それに加え、音声も全く滞《とどこお》りなくこちらに届いている。しかし……。

「おーい、深夏ー？」

さっきから何度か声をかけてみるも、俺の言葉に対する応答が全くない。どうやら変に設定をいじったせいで、こちらの音声が聞こえないらしい。おかげで「お前達は合流の必要なんかないだろ」というツッコミが全く入れられない。

そして、もう一方の真冬ちゃんはと言えば……。

「あっ！　九時から地上波初オンエアの細田○監督《かんとく》の最新作録画するためのブルーレイディスクを切らしてましたです！　ちょっと買いに行ってきますですね、先輩《せんぱい》！」

「あ、ちょ、真冬ちゃん——」

俺の返事も待たずに真冬ちゃんはドタバタと通話を切ってしまった。おいおい……と身勝手な後輩を嘆《なげ》いていると、なぜか再び真冬ちゃんがオンラインに。試《ため》しにもう一度通話を繋《つな》いでみると、トタタタタッという足音と共に、椎名家と思《おぼ》しき廊下《ろうか》の映像が映し出された。そしてそれが玄関《げんかん》の靴箱《くつばこ》を映したあたりで、真冬ちゃんの声。

「そんなわけで、真冬はスマホで先輩と話しながらちょっとコンビニ行くです！　歩きながらですし、基本ポケットに入れておきますので、あんまり話せませんがよろしくです！」

「ああ、了解《りょうかい》。あ、そうだ、深夏にも一声かけてあげて——」

「では出陣《しゅつじん》！」

「ああ……遅かったか」

スマホからの映像が真っ暗になる。ポケットに入れられてしまったのだろう。

なんか上手《うま》くいかないなぁと嘆いていると、突然《とつぜん》、今度は寮の部屋を出てすぐのところだったらしい会長が泣きそうな声をあげた。

「何が⁉　何が遅かったの⁉　杉崎⁉」

どうやら闇の中で俺の不吉《ふきつ》な呟《つぶや》きだけ聞いてしまい、恐怖心《きょうふしん》に拍車《はくしゃ》がかかったらしい。

俺は苦笑《くしょう》交じりに応じた。

「大丈夫ですよ。それよりも足下《あしもと》とか気をつけて下さいよ。ちゃんと懐中電灯持ちました？」

「だ、大丈夫。知弦の部屋すぐそこだし、迷ったりなんかしないもん。ほ、ほら、もう知弦の部屋！　これ！」

言いながら会長が「紅葉知弦」と書かれたプレートを照らす。よし、どうやらこれで大学組は合流して、解決だな——と。

「知弦ぅー！　怖かったよー……って。あれ？　だ、誰《だれ》もいない……？」

「え？」

会長からのカメラ映像を見る。あれ、ホントだ。知弦さんがいない。どういうことだ？

俺はすぐに視線を知弦さん視点のカメラに移す。——と、

「知弦さん？　今どこにいるんですか？」

なにやら、配電盤《はいでんばん》みたいなものが懐中電灯で照らされている光景がそこにあった。知弦さんが「ああ」と冷静に応じる。

「外見たら他の家は電気ついてたから、ここのブレーカーが落ちただけかもと思って。今日は寮母さんがいなくて、私とアカちゃん以外の寮生も帰宅遅いし、だったら私がさくっと作業しちゃおうかな――って」

言いながらブレーカーを上げる知弦さん。流石《さすが》知弦さんだ。行動力と分析《ぶんせき》力がホント高い。こんな友人が傍《そば》にいるなら、会長のご両親もさぞかし安心だろう……と。

「……おかしいッスね」

明かりがつかない。ブレーカーの問題じゃなかったのか？　知弦さんが何度かカチカチとブレーカーをいじる中、俺は神妙《しんみょう》な顔でそれを見守り――

「ああ、おかしいぜ、こりゃあ」「おかしいって何が⁉　ねぇ何が杉崎⁉」

「へ？」

深夏と会長の声に改めて画面を見ると、そこには神妙な顔をした深夏と、ぶるんぶるん動いて酔《よ》いそうな会長視点のカメラ映像があった。

どうやらまたも俺の言葉を自分のものへと取り違えているようだが、説明が面倒だ。とりあえず深夏に声が届くようなので、会長よりまずそちらを優先しようと声をかける。

「お、深夏、俺の声が聞こえるか？」

「ん？　ああ、聞こえるけど、どうした？」

もしかして移動中に何かキータッチして設定変わったのか？　まあいい。

「いや、なんでもない。それよりな、真冬ちゃんだけど——」

「ああ、鍵、見てくれよこれ」

言いながら深夏がカメラを真冬ちゃんの部屋の中へ向ける。当然無人。そりゃそうだ。さっきコンビニ行ったもんな。しかし、再びカメラは神妙な表情の深夏に戻《もど》る。そして……。

「真冬が……消えた」

「は？」

ごくりと喉《のど》を鳴らす深夏を、ぽかんと見守る。こいつ、何勘違いしてんだ？

「ああ、いやな、深夏。真冬ちゃんが部屋からいなくなったのはだな——」

そう説明しようとしたところで。突如《とつじょ》、会長が叫《さけ》び声を上げた！

「ま、まままま、真冬ちゃんがいなくなったってどういうこと!?　ねえ杉崎!?　ねぇ!?」

「ちょ、会長、急に大声上げないで下さい！　っていうか落ち着いて！」

知弦さんの部屋で一人暗闇《くらやみ》の中にいる会長が、パニックでぶんぶんと視線を回す。……よ、酔う……。俺が思わず閉口していると、どうやら持ち歩いているノートパソコンで、音声こそ聞こえないものの、他者の映像は見えているらしい深夏の顔色がサッと青ざめる。

「なんてこった……知弦さんまで消えて、会長さんがパニクってやがる！」

「いやいやいや！　あ、あのなぁ、真冬ちゃんはな、コンビニ――」

なんか面倒臭いことになってきたので、俺はとにかく誤解を解こうと声を上げる。

しかしその瞬間《しゅんかん》、カタンッという何かのキーを弾《はじ》いたような音が深夏のマイクから響《ひび》いたと思ったら、すぐに深夏の顔が強張《こわば》った。

「お、おい鍵!?　どうしたんだよ、急に通話切って！　鍵!?」

「おーい、深夏？　おーい。……あいつまたなんか押しやがったな！」

見れば深夏の首元にヘッドセットのボリューム調節器具のようなものが垂れ下がって激しく揺《ゆ》れている。どうやら、あれが時折キーボードに当たって悪さをするようだ。

思わず舌打ちをすると、またも会長が泣きそうな声を上げる。

「み、深夏がどうかしたの⁉　ねぇ、杉崎⁉　知弦も真冬ちゃんも……そして深夏にまでも何かあったの⁉　せ、世界はどうなっちゃうの⁉」

「いや会長、世界はどうにもなってませんから！　映像見れば皆《みんな》の無事は分か——」

って、ああ、ヘッドセットとカメラだけ持って移動中だったよな、会長と知弦さんは。ん？　でもそこが知弦さんの部屋なら、彼女のパソコンがあるはずだよな。

「会長、会長。知弦さんのパソコン見て下さいよ。そこに現状が映ってますから」

「はっ！　そ、そうか！　杉崎頭いい！　ま、待って、今モニタの方に回り込むね！」

言って会長は、テーブルの上に置かれていた知弦さんのパソコンを覗《のぞ》き込む。

そこに映っていたのは——

ドクロドクロドクロ骸《がい》骨《こつ》骸骨骸骨DANGERDANGERDANGERドクロドクロドクロ骸骨骸骨骸骨DANGERDANGERDANGERDドクロ骸《がい》骨《こつ》ドクロ——

大量の白骨&しゃれこうべと、赤く明滅《めいめつ》するDANGERの文字！

「いぃいぃいぃいぃいぃいいいやぁぁぁぁぁぁあああああああああああああああああ！」

「か、会長！」

突如として会長が叫びだし、ドタドタと知弦さんの部屋から駆《か》け出す！　唖然《あぜん》とする俺に、ブレーカーの作業を諦めたらしい知弦さんが「あ」と思い出したように呟く。

「そういえばキー君、私のパソコンのスクリーンセーバーちょっと怖《こわ》いから、アカちゃんに見ないよう言っておいて」

「遅《おせ》ぇぇぇぇぇぇぇぇぇぇぇぇぇぇぇぇぇぇぇぇぇぇぇぇぇぇぇぇぇぇぇ！」

全力でツッコミを入れる！　そうこうしている間にも、狂乱《きょうらん》した会長が寮《りょう》の廊下を駆けながら涙声《なみだごえ》で叫ぶ！

「ほ、滅《ほろ》んだんだ！　人類は杉崎以外滅んだー！　うわぁーん！　いやだぁー！」

「なんかすげぇ世界観信じ込んでる！　会長！　会長！　落ち着いて下さい、あのパソコンの画面は、あくまで……」

そう会長に説明しようとした、その時だった。ごくんと、唾《つば》を飲み込む音が聞こえる。何かと思えば……深夏が、真っ青な顔で画面を見ていた。

「なんだよ……なんだよ！　今会長さんのカメラに映っていた、不吉な映像はぁあっ！」

「超面倒臭《ちようめんどうくさ》いヤツまで見てた！」

ああ、もう！　どうしたらいいのかと俺がわしゃわしゃ頭を掻《か》いていると、その光景がどう映ったのか、深夏が更《さら》に顔をひきつらせる。

「ど、どうしたんだよ、鍵。そんな奇行《きこう》して……。今も、なんか、悪魔《あくま》がなんたらかんたらと言ってたし……」

「なんでそこだけ通話がＯＮだったんだよ！」

「け、鍵？　なんでそんな、無音で叫ぶような動作だけを……」

「今はＯＦＦかよ！」

「あ、ああ……こりゃやべぇ。絶対やべぇ。なにかが進行してやがる！」

「お前と会長の中の世界観どんどん物騒《ぶつそう》になってくな！」

「ちょっとキー君、さっきからぎゃあぎゃあ五月蠅《うるさ》いわよ。作業中なんだから静かにしてくれないかしら」

「誰のせいだと思ってんスかっ、誰の！」

苛立《いらだ》ちがピークに達して年上相手に怒鳴《どな》り散らす。すると……突然、やたらにしおらしい声が俺の耳に飛び込んで来た。

「……そうですね。真冬の男嫌《おとこぎら》いのせいで、先輩《せんぱい》は苦しんでいたんですよね……」

「何の話⁉」

急に入った真冬ちゃんからの通信に驚《おどろ》いて画面を確認《かくにん》すると、なぜか、瞳《ひとみ》をうるうると潤《うる》ませた真冬ちゃんと目が合った。

「分かりました。辛《つら》いですけど……真冬、泣いちゃいますけど……先輩。別れましょう」

「いやいやいやいやいや、ええ⁉　ちょ、何の話⁉　真冬ちゃん⁉」

「……真冬、もう疲《つか》れちゃいました。歩きながらも、先輩と楽しくお話し出来ればと思っていたのに……さっきから先輩は、真冬に対して、ずっとつれない態度です」

「つ、つれない態度？　俺いつそんなことを真冬ちゃんに……」

「『せ、先輩は真冬のこと好きですか？』と訊《たず》ねた時には、『大丈夫《だいじょうぶ》ですよ。それよりも足下とか気をつけて下さいよ。ちゃんと懐中電灯《かいちゅう》持ちました？』等《など》と流して、しかも敬語で応じました」

「へ？　い、いやそれは会長に言った言葉じゃ……」

「どうして今会長さんが……他の女の子が関係あるのですか！　今先輩は、真冬と話しているというのに！」

「え、へ？」

なんだ、どういうことだ？　もしかして真冬ちゃんサイドは……俺が、ずっと真冬ちゃんとだけ喋《しゃべ》っていると思い込んでいたのか⁉　な、なにがどうしてそんなことに⁉　い、いや、原因の究明は後だ。今は一刻も早く……。

「そりゃ、歩くのに集中して、先輩の発言の七割ぐらい聞き逃《のが》してしまう真冬も悪いですけど！　外ということもあり声を潜《ひそ》めてたのでこちらの音声ももしかしたら聞き取り辛《づら》かったかもですけど！　でも……でも、それにしたって！　酷《ひど》すぎです！」

「い、いや真冬ちゃん。あのね、そうじゃなくてこれは……」

「中でも酷かったのは、真冬が先輩に『せ、先輩にとって真冬って……どんな存在なのでしょうか？　とっても、大事に思ってくれているんですよ……ね？』って勇気を持って訊《き》いた際の、あの返答です！」

「え？　えと……俺、なんて……」

「『いやいやいや！　あ、あのなぁ、真冬ちゃんはな、コンビニ——』です！」

「真冬ちゃんになんて酷いことを！」

いやそれ勘違《かんちが》いなんだけど！　深夏に真冬ちゃんの居場所を教えようとしてただけなんだけど！　流石《さすが》に頭が痛くなってきた俺は、さっさと真冬ちゃんの誤解を解こうと——

「ま、真冬が酷いことされてるだと⁉　真冬！　真冬ぅうううううううう！」

突如画面の中で血の涙《なみだ》を流しながら唸《うな》り声を上げる深夏！

「ああっ、余計面倒なことに！」

「め、面倒なんて酷いです先輩！　真冬は……真冬はぁあああああ！」

「違う！　ああ、もう、なんなのその姉妹《しまい》コンボ！」

駄目《だめ》だ、四人が全員俺の言葉だけを聞いているという前提での会話なんて、上手《うま》く出来る自信が無い！

これはもうとっとと大学寮の電源を復旧させて貰《もら》って、通信環境《かんきょう》を整えて一つ一つ解決していくのが一番だ。

そう理解した俺は、唯一《ゆいいつ》勘違いなどを一切《いっさい》しておらず、まともに通信出来る相手であり、尚《なお》かつ問題解決に一番近い位置にいる知弦さんとの通信に焦点《しょうてん》を絞《しぼ》ることにした。

——が。

「あの……知弦さん？」

「………。……あ、なにかしらキー君。ごめんなさい、今一時的に通信切ってたわ。少しの油断も許されない状態だったから……」

「え、いや、はい、それはいいんですが、その……」

知弦さんの画面を見て引きつる俺。会長や深夏が知弦さんの安否云々《うんぬん》について訊ねてきているが、そんなものは最早《もはや》耳に入らない。

なぜなら、俺の全神経は、知弦さん視点のカメラ映像に集中してしまっていたから。

だって。

そこに映っているのは。

「な……なんで銃撃戦《じゅうげき》繰《く》り広げているんですか⁉」

本気でＦＰＳさながらの映像に俺の目は釘付《くぎづ》け！　銃を構え、トリガーを躊躇《ためら》いなく引く知弦さん！　撃《う》たれてバタバタと倒《たお》れる妙《みょう》な戦闘《せんとう》服着た特殊《とくしゅ》部隊と思《おぼ》しき兵隊達！

知弦さんはすっと壁《かべ》に隠《かく》れると、カチャカチャとリロード音を鳴らしながら応じてきた。

「ちょっと、色々あって」

「色々ありすぎでしょう！　俺が少し目を離《はな》している隙《すき》に、一体何が！」

「端的《たんてき》に言えば」

知弦さんは再び壁から身を出しながら、ダラララと兵達を撃った。

「ヤツらがこの寮に攻《せ》め入ってきたから、銃を奪《うば》って応戦中。それだけよ」

「全く事情が理解出来ませんが！」

「それは私も同じよ。でも、やらなきゃやられる。それで充分《じゅうぶん》よ」

「貴女《あなた》のその妙なプロ意識は一体どこから来るんですか！　っていうか、それより、大丈夫なんですか⁉」

知弦さんは再び壁に隠れながら「ええ」と応じる。

「銃声は派手だけど、これ、弾《たま》は極《きわ》めて体に優《やさ》しい麻《ま》酔弾《すいだん》よ。相手は出来るだけ穏便《おんびん》な手段で来ようとしてたみたいだけど、私が思わぬ反撃をした結果、今こんな感じ」

「そ、そうなんですか。俄《にわか》には信じがたい事態です……」

俺が呟《つぶや》くと、会長&深夏の「終末世界観」コンビが二人同時に『ホントに……』と呟く。

う、うん、あんたらの世界観、あながち間違いでもなくなってきたぞ、こりゃ。

特に会長は寮内で銃声を聞いて超怯《おび》えているようだった。自分の部屋に戻《もど》って、布団《ふとん》にくるまっている。……トラウマになるぞこれ……。

「寮の電源落としたのも、彼らの仕業《しわざ》ね」

「そ、そうですか。しかし……なんだってこんなことに……」

愕然《がくぜん》とする俺に、知弦さんは「まあ大体想像はつくわ」と意外なことを言い出す。

どういうことですかっ、と激しく問い詰《つ》める俺に。知弦さんは淡々《たんたん》と敵を麻酔弾で制圧しながら、答えてきた。

「流石にロズウェル事件つっついたのはまずかったわよね……」

「さっきのハッキングのせいかぁああああああああああああああああ！」

そりゃもうなんか自業自得《じごう》じゃん！　っていうかむしろ、出来るだけ穏便な手段で解決しに来たのになぎ倒されている兵隊さん達の方が可哀想《かわいそう》だわ！

「え、『発禁の性玩具《がんぐ》』買ってこいやぁって？　せ、先輩はどこまで最低なんですかっ！」

「言ってねぇし！」

コンビニのレジに居たらしい真冬ちゃんがドン引きの顔で俺を見ている。背後では女性店員さんもドン引き顔だ。

もう駄目だ、本格的に頭痛してきた。喋り疲れたこともあり、ボンヤリと映像だけを見守る。知弦さんは絶賛FPS状態、真冬ちゃんはコンビニで買い物中。

会長は……色々耐《た》えきれなくなったのか、再び部屋から出て徘徊《はいかい》。しかし懐中電灯の電池が切れかけているらしく、視界が悪い。そんな中で——

「ぐ……うぐぁあああ……」

「いいいいいやああああああああああああああああああああああ⁉」

知弦さんに撃たれて麻酔ききかけの兵士が廊下《ろうか》をはいずっていたのを目撃。

「ぞ、ゾンビだ……ゾンビが遂《つい》に寮内に……！」

最早彼女の中で世界観がどうなっているのかはよく分からないが、とにかく全力で逃《に》げる会長。しかし階段を降りようとした瞬間《しゅんかん》、階下で銃撃音。そして……遂に、知弦さん視点とクロスオーバー！　知弦さんのカメラには、怯《おび》える会長の姿が。そして、会長のカメラには……。

「ふぅ…………………くふふ」

倒れ伏《ふ》す兵士達を眺《なが》め満足げに嗤《わら》う……長い髪《かみ》を振《ふ》り乱した知弦さんの姿がっ！

「ぎゃあああああああああああああああああああああああ！」

親友の変わり果てた姿に、思わず逃げ出す会長！……事情が分かっている俺でさえもドキドキする映像だった。そんじょそこらのホラー映画より怖《こえ》ぇ。

「知弦が……知弦が超攻撃的《ちようこうげき》な生物になっちゃった……！」

会長が泣きながら逃げる。うん……ただ会長、知弦さんは、素《す》でアレなんだよ。ある意味もっと救いがない真相でやるせない。

さて、深夏の方はどうなっているかな——と。

〈プルルルルル……〉

確認しようとした矢先、俺のケータイが鳴った。手にとって画面を見ると、どうやら友人の中目黒からの着信のようだ。俺はパソコンの方のヘッドセットそのままに通話に出る。

「おう、どうかしたか？」

「あ、杉崎君。真冬さんからもう聞いているかもしれないけど、二人だけでの旅行のお誘《さそ》い。ど、どうかな？」

「どうって、お前……」

何か期待するような中目黒の様子に、思わずはぁと溜息《ためいき》を漏《も》らす。まったく、真冬ちゃんの言うことを真に受けやがって。そもそもお互《たが》いに今は忙《いそが》しい時期でもあるだろうし、それに旅行行くとしても、仲良しメンバーを全員誘った方が絶対楽しいだろう。

俺はひとしきり溜息をついた後、改めて答えてやった。

まったく、ことBL方面においては……。

「真冬ちゃんの言う事なんて、無視しときゃいいんだよ」

「あー、そっか。ちょっと残念。でもそうだよね。行くなら皆《みんな》で行きたいもんね」

「おう、そういうこと。じゃな」

「うん、じゃあね」

そんなわけで、あっさりと通話を切る。ああ、男同士の電話って淡泊《たんぱく》でいいよなぁ。現在あまりにこんがらかった通話しているせいで、とみにそんなことを思――

「どういうことだよ、鍵」「どういうことですか、先輩《せんぱい》」

「へ？」

中目黒との通話を切ると同時に、姉妹から暗い声をかけられる。状況《じょうきょう》が分からない俺に対し……二人は、それぞれにカメラを睨《にら》み付け、思い切り怒鳴《どな》ってきた。

「やっぱり黒幕はお前か！」「やはり真冬は、先輩にとって軽い女なのですねー！」

「……あー……」

うん、詳《くわ》しい事情はよく分からんが、例の面倒臭《めんどうくさ》いパターンなことだけは分かった。

最早弁解する気も起こらない俺に対し、姉妹はそれぞれ独特のテンションで俺を睨む。

「おかしいと思ったんだ。お前にだけ異変が起こらない状況。その冷静な態度」

「先輩の態度は、その一言に尽《つ》きますです。真冬の言うことなんて、無視すればいい」

あー、どうしたもんかなー。

「そして今の、誰《だれ》かとの会話。鍵は共犯で……相手が、真冬を拉致監禁《らちかんきん》状態という状況認《にん》識《しき》で、ＯＫ？」

ＯＫじゃねえよ。お前はまた会長と違《ちが》った方面に歪《ゆが》み始めたなぁー。

「先輩は……先輩はもうハーレムに真冬なんて必要ないと、そう言うのですね！」

言ってない。一度たりとてそんなことは言ってない。でも正直今はどう弁解しても曲解されそうな雰囲気《ふんいき》がビンビンするから、何も言えねぇ。

四つの役員カメラを見ながら、さてどうしたものかと思案する。ふと見れば、知弦さんが寮内をほぼ制圧していた。……なんで貴女そんな強いんですか……。まあ……なにはともあれ、ここまで事態が進めば、あとはもう解決するのみだ。

知弦さんは意識を取り戻しかけていた兵士の一人に近付くと、「ごめんなさいね」と声をかけながら彼の傍《そば》に寄った。そうして、ハッキングの件に関して謝罪しようとしたところで……兵士が、不吉《ふきつ》な呟きを漏らす。

「く……こちらは失敗したが……しかし……もう一ヶ所のハッキング位置に向かった、日本支部における更《さら》なる精鋭《せいえい》、デルタチームならば……」

「え？」

彼がそう呟いた次の瞬間だった。

俺の家の窓が、バリーンと割れる！

「え、え、え」

そうしてプシューという音と共に煙《けむり》が部屋を満たす中、ドタドタと突入《とつにゅう》してくる特殊部隊の方々。そ、そういや言ってたな、知弦さん。うちを経由してハッキングしてるとかなんとか。まあでも、麻酔弾《ますいだん》撃たれるぐらいなら別にどうってこたぁ――

『緊急伝令《きんきゅうでんれい》！　アルファ全滅《ぜんめつ》を受け、総員、実弾《じつだん》の使用を許可！』

「えええええええええええええええええええええええええ!?」

部屋に響《ひび》き渡《わた》った音声にびびる俺。慌《あわ》ててホールドアップして戦闘の意がないことを示すも……その時、ヘッドセットのコードがパソコンから抜《ぬ》け、結果、スピーカーから、生徒会役員達の声が一斉《いっせい》に漏れてくる。

「いやぁあああ！　世界が終わるぅううううう！　杉崎が悪いんだぁあああ！」

「それにしてもアルファチームとやら……手応《てごた》えがなかったわ。これでプロなのかしら」

「先輩に……先輩に弄《もてあそ》ばれるだけ、弄ばれましたぁあ！　うわぁあああああん！」

「あ、お巡《まわ》りさん、そいつです！　そいつが真冬を攫《さら》った犯人です！」

「お前ら黙《だま》れよぉおおおおおおおおおおおおおおおおおおおおお！」

『総員、構えぇえええええええ！』

「えええええええええええええ!?」

ジャキジャキジャキジャキジャキ！　と大量の銃《じゅう》を構える音！　完全に取り囲まれている！　万事《ばんじ》休す！　まさかのちょっとした番外編企画《きかく》で主人公死亡！　しかもヒロイン達に陥《おとしい》れられて！　何も悪いことしてないのに！　少し説明させて貰《もら》えれば、全然解けそうな誤解だらけなのにぃ！

まあでも、ハーレム王の最期《さいご》なんて、こんなものなのかもな。ある意味派手でいいじゃないか、はは……。

――と、色々諦《あきら》めて顔を上げた時。ふと、スモークの向こう側、割れた窓ガラスの更に向こう側――夜空の中に、赤い球体を見た。なんだ？　なんか激しく燃えてるものが近付いてきている？　え？　もしかして……い、隕石《いんせき》!?

正体を掴《つか》む以前に、それは……その光る球体は轟々《ごうごう》という音を立て、俺の方に飛来。デルタチームとやらも異変に気付いて一斉に振り向くも、時既《すで》に遅《おそ》し。

その球体は俺のコメカミを――ジュッと掠《かす》めたと思ったら、背後の壁《かべ》に反射して猛烈《もうれつ》なスピードで部屋中を飛び回り、そして――

「げ」「が」「ぐ」「ぶ」「ご」「ざ」「でゅ」「ぎゅ」「だ」「ど」

「え……」

——瞬《またた》く間にデルタチームを制圧した。……もしかして俺、助か——

「ぎゅ!?」

——ったと思った次の瞬間、股間《こかん》に強烈《きょうれつ》な痛み。見れば、さっきの赤い球がギュルルと猛烈な回転を伴《ともな》って俺の股間に直撃していた。しかしなんだろうこれは……。痛いというより……懐《なつ》かしい？

白目をむいて、ぐらりと、前のめりに倒《たお》れる。

痛みはあるし、意識も飛ぶが、不思議と怪我《けが》はないというこの独特の感覚。

その正体が——今日の朝に深夏が放ったとか言っていた「特製スーパーボール」だということに気付いたのは、意識を失うほんの0コンマ1秒前の出来事だった。

＊

あれから数時間。なんとか事態が収束したところで、全員が再びパソコンの前に座り、映像付きの会議を開始していた。していたが……。

『…………』

全員、死人みたいな顔をしていた。会議開始当初のテンションとはえらい違いだ。会長の「ゾンビだらけの世界」認識が、今やあながち間違いではない気がする。少なくとも生徒会メンバーは全員、今や生ける死人みたいなもんだ。

唯一《ゆいいつ》、体力的に疲労《ひろう》しているとはいえ、精神的にはそれほどでもなかった知弦さんが仕切るように声を上げる。

「まあ特殊《とくしゅ》部隊の方々とはちゃんと話がついたし、むしろいい勉強になったと敬礼までされてしまったのだから、良しとしましょうよ」

知弦さんのフォローに、俺もなんとか気力を絞《しぼ》り出して乗っかる。

「そうッスね……。窓ガラスも修理してくれたり、部屋も片付けてくれたし……」

大量の散乱したエロゲを、隊員の方々に白い目で見られはしたけど。い、いいんだよ！　男にいくら軽蔑《けいべつ》されたって、痛くも痒《かゆ》くもないもんね！…………うぅ。

落ち込む俺に、真冬ちゃんが苦笑いを浮《う》かべる。

「あ、でも、誤解もちゃんと解けて良かったです。ね、お姉ちゃん？」

真冬ちゃんに振《ふ》られて、深夏もまた「お、おう！」と無理矢理笑《え》みを浮かべる。

「そうだな！　真冬が無事帰ってきただけであたしは万々歳《ばんばんざい》だぜ！」

「俺を特殊部隊につきだした件に関しては……」

「そ、それだって、結果的にはあたしのおかげで救われてんだから、トントンだろ！　な、な？」

「まあ……いいけど」

確かに救われたは救われたからな。恨《うら》み言《ごと》言っても仕方無い。

そうして各々《おのおの》がなんとか今日の出来事に折り合いを付ける中、恐怖《きょうふ》のダメージがでかかった会長がようやく元気を取り戻《もど》し、画面に微笑《びしょう》を向けてきた。

「でも、なんか、やっぱ生徒会は、生徒会だなって、思えたよね」

『………』

会長のその言葉に、今までどこか歪《いびつ》だった皆《みんな》の笑顔が、本物の笑顔に変わる。

確かにその通りだ。今日は本当に……昔の生徒会に戻ったかのようで。

会長が笑って続ける。

「不思議だね。生徒会室じゃないし、碧陽《へきよう》でもないし、実際に会ってさえいない上に、皆もう別々の道を歩んでいるのに……やっぱり、生徒会は、生徒会なんだ。それってさ……なんだか、凄《すご》く、凄く…………素敵《すてき》なことだって、思った！」

『そうですね』

それには全員が同意する。俺達はそれぞれに経験を積み、日々成長したり、別の人間関係を築いたりしているのに……それでも、確固として変わらないものが、やっぱりそこにあって。

変わっていくことと、変わらないこと。そのどちらもあることこそが幸せなんだって、今なら素直に思える。

皆の間を、柔《やわ》らかい空気が満たす。

そんな中、会長がふわぁと欠伸《あくび》を漏《も》らした。確かにもう遅い時間だ。そろそろ解散するべきだろう。

代表して、パジャマ姿の会長が元気に告げる。

「では、今日のオンライン生徒会はこれにてしゅーりょー！　お疲《つか》れ様！」

『お疲れ様でした！』

全員が笑顔でそれに応じる。ああ、生徒会は……やっぱりいいな。

「やー、なかなかいいもんだね！　これはもう定例化確定だね！　うん！」

『そうですね』

全員が笑顔で応じる。

そうして、皆が解散しようとする中。ふと思い出したように、会長が告げてくる。

「あ、それで、次は具体的にいつやる？」

その、会長の問いに。

俺達四人は、全員で、柔らかい……本当に柔らかい笑顔を、見せた後。

一斉に、同じ答えを、返すのだった。

『しばらくは結構です』

「で、ですよねー」

その日元生徒会役員達が通話停止ボタンをクリックした指には、一瞬《いっしゅん》のわずかな躊躇《ちゅうちょ》さえもなかったという。

「あ、あたしの居ない隙に何してんだよお前らー！」 by 深夏

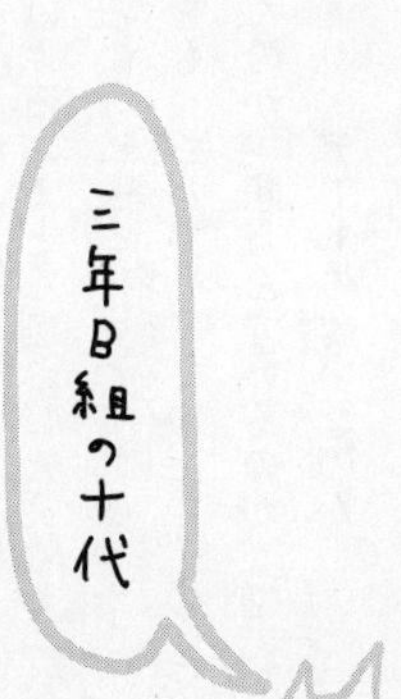

【三年B組の十代】

「今週末、デートをしますっ！」

「？」

とある夏の放課後。帰りのＨＲが終わり、さて生徒会へ向かうかと鞄《かばん》を持ちあげた矢先。ドスドスと足音を鳴らして俺の机の前にやってきた巡《めぐる》が、仁王立《におうだ》ちで告げてきた。いや、仁王なのは立ち方だけじゃない。表情もまた、仁王のそれと相似《そうじ》。かと思えば、頬《ほお》は熟《う》れたトマトの様に真っ赤に染まっており……。

一言で言って、わけが分からなかった。

「……はい？」

ぽかんと口を開けて、どうにかそれだけ返す俺。巡はぷるぷると小刻みに震《ふる》えながら瞳《ひとみ》に涙《なみだ》を溜《た》め……直後にはキッと俺を睨《にら》み付けて、逃《に》げるように去っていってしまった。

……なんだアレは。女心に敏感《びんかん》と定評のあるこの俺をもってしても、まったくその感情の流れが理解出来ないんだが。怒《おこ》ってんのか、照れてんのか、悲しんでいるのか、憎《にく》んでいるのか。そしてなぜそんなテンションの中発した言葉が、デートの誘《さそ》いなのか。

クラスメイト達が次々と教室から去る中、一人ぽかーんと佇《たたず》む俺。そんな俺のもとに、今度はどこかニヤニヤとしたムカツク表情を浮かべた残念イケメンが近寄ってきた。

巡の弟、宇宙守《うちゅうまもる》だ。

「よう、杉崎《すぎさき》。お前、遂《つい》にやっちまったな」

「やっちまったって……何がだよ。新生徒会が今年度の予算をほぼ全《すべ》て注ぎ込んだ『対超能力《ちょうのうりょく》者用殺戮《さつりく》兵器開発』の件なら、まだ試作段階だぜ？」

「そうじゃなくて──ってちょっと待て、なんだそのプロジェクト⁉　誰狙《だれねら》い⁉　ねぇそれ、誰狙いのプロジェクトなの⁉」

「そんなことより、超能力者の守よ。やっちまったってのは、何のことだ」

「そ、そんなことって……。まあいい。オレが『やっちまった』って言ってるのは、姉貴の件だよ」

「いや待て。俺と巡にはまだ肉体関係はないぞ！」

「そんなリアル報告聞きたくないわ！」

守が心底げんなりした顔でツッコんで来る。確かに、かつての恋敵《こいがたき》と姉の情事模様など、想像しただけで吐《は》き気《け》を催《もよお》すことだろう。……ふむ。

「俺は案外Mだからな！　その際はきっとお前の姉にリードして貰《もら》うことだろうさ！」

「やめろぉおおお！　吐くから！　オレ、マジでそのうち吐くから！」

「そして時には巡に、その革手袋《てぶくろ》をはめた手で、軽く首を絞《し》めて貰うことだろうさ！」

「なに特殊な性癖暴露《せいへきばくろ》してんの⁉　それオレよりお前のダメージの方がでかくね⁉」

「気にすんな守。俺、お前をいじめてる時、他に何も要《い》らない程《ほど》幸せだからさっ！」

「爽《さわ》やかな顔で何言ってんだてめぇは！　あーもう、とにかく！　姉貴の話だ！　茶化すなよ！　お前、聞きたくねぇのか⁉」

「む」

それは聞きたい。仕方無いのでふざけるのをやめると、守もこほんと咳払《せきばら》いした後、今度は勿体《もったい》つけずに話し出した。

「杉崎さ、ちょっと前に、姉貴とデートの約束しただろ？」

「？　ちょっと前も何も、たった今アイツが一方的に……」

「そうじゃなくて。もうちょっと前。ほら、新生徒会長の件で……」

「へ？　ああー……」

そういえばそんなこともあった気がする。西園寺《さいおんじ》を生徒会に出席させようとしていた時、彼女がアイドルオタクであることを知って、ちょっと巡の手を借りたんだった。そうだ、確かその時彼女に約束した報酬《ほうしゅう》が……。

「あれ？　でも、俺がしたのは、映画と食事と服を奢《おご》るって約束だったような……」

「そりゃお前、そんなの姉貴からしたらデートの約束そのものだろう」

守がやれやれといった様子で嘆息《たんそく》する。俺としてはあくまで金銭的な報酬のつもりだったんだけど……（アイドルの時間をしばし拘束《こうそく》したわけだし）。

俺は今一つ納得がいかず、ムスッと腕《うで》を組んだ。

「デートなんて、そんなの手伝って貰った報酬にならんだろ」

「なんでだよ？」

「なんでって……」

おかしなことを訊《き》くヤツだ。俺はごく当たり前の回答を、しれっと告げる。

「だって巡とデートなんて、俺の方が超《ちょう》楽しいんだから、お礼として成立してねぇよ」

「……お前、そういうの、オレじゃなくて姉貴に言ってやれよな……」

「む」

また守に呆《あき》れられてしまった。なんだよ、守のクセに。生意気な。

守が「とにかくだ」と仕切り直す。

「あれから姉貴は、ずっとお前から声がかかるの待ってたんだぜ？　なのにお前ときたら全然誘ってこないもんだから、遂に今日、姉貴の方が痺《しび》れを切らしたってわけだ」

「？　いや俺なんかより、アイドルのアイツの方がスケジュールキツキツなんだから、俺はてっきり巡から都合のいい時に声をかけられるもんだとばかり……」

「……だからお前は、そういうの、姉貴に言ってやれって……」

「ん。そうか」

守じゃなく、巡に。……うん、それは、一理あるな。

「そうだよな。守なんかとキャッキャウフフしてたって、キモイだけだもんな」

「う、うん、まあ、そういうことではあるんだけど……」

「守なんて、『新世界〇り』の世界観ではかなり初期に消えそうなゴミ能力だし。あっちの守とは違《ちが》って」

「…………まぁ」

「だったら、巡と絡《から》んだ方が百倍いいよな。あ、絡むって、あれだぞ。肉体的な意味でもだぞ？　げへへへ」

「お前、オレをいじめるのが好きすぎんだろう！」

「はっ！　そうか、今はっきりと自覚したわ。俺、お前のこと好きなんだ。だって……正直一生いじめ続けてたいもんな！」

「色んな意味で嫌《いや》な告白だなおい！　勘弁《かんべん》して下さい！」

守が涙目だ。そういうリアクションこそが、こちらの嗜虐心《しぎゃくしん》をくすぐるのだが。

俺は鞄を担《かつ》ぎ直すと、ケータイを取り出し、生徒会に向かいがてら巡にメールをすることにした。用件は勿論《もちろん》、週末デートのお誘いだ。

俺は教室を出る間際、背後を振《ふ》り返り、守を見た。帰宅しようとこちらに歩いてきていた守が、キョトンと首を傾《かし》げる。

俺は少し照れながらも……彼に、感謝の言葉を告げた。

「その……サンキュな、守」

「お、おう」

二人の間に、微妙《びみょう》な空気が流れる。俺は……前に向き直り、歩き出しながらも、守の方を見ずに叫《さけ》ぶ！

「俺と巡が結ばれれば、お前は晴れて俺の義弟《おとうと》だな！　期待して待て！」

「よく考えたら嫌すぎるぅうううううううううううううううううう！」

愕然《がくぜん》とする守を背後に、俺は張り切って巡へのメールを打ち始めたのだった。

＊

土曜。俺は駅前でソワソワと巡を待っていた。

三年生になってからというもの、元生徒会役員や妹と二人で出かける機会は劇的に増えていたものの……しかしどれだけ経験を積んでも、この「待ち合わせ」には慣れない。「デート」という漠然《ばくぜん》とした言葉に、物凄《ものすご》く色々なものを期待しすぎてしまうのだろうか。

とはいえ、今回の相手はあの巡。最近は少し女性として意識してしまっているとはいえ、元々は気安いにも程がある悪友だ。慣れ親しんだ彼女に会ってしまえば、すぐにいつものテンションに戻《もど》れるはずだ——などと、考えていた矢先。

「あ、杉崎ぃー！」

遠くから巡の聞き慣れた声が聞こえ、俺はすぐにそちらへ笑顔《えがお》を向けて手を振——

フッリフリのアイドル衣装《いしょう》着た巡が、女の子走りでこちらに向かってきていた。

「慣れねぇ！」

愕然とする俺のもとに、巡が「ごっめーん」とウィンクしながら駆《か》け寄り、息を切らしつつ挨拶《あいさつ》。

「遅《おく》れちゃったかな？」

「あ、いや、俺も今来たとこ……じゃねえよ！　なんだその、『これゾン』のハルナぐらいしかしっくりこないであろうピンク衣装は！」

「デートだから、ついお洒落《しゃれ》しちゃった♪」

「『つい』で済まされるレベルのお洒落かそれ！　っつうかアイドルの自覚なしか！　そんな衆目集める本気衣装で男とデートするアイドルが居てたまるか！」

「ん、大丈夫《だいじょうぶ》よ、なぜか私のスキャンダルって、凄《すご》い組織が揉《も》み潰《つぶ》してくれるから」

「（企業《きぎょう》ぉおおおおおおおおお！）」

俺は心の中で叫んだ。なんかもう……最近は、ホント、すいません。思えば俺達って、彼らから迷惑被《めいわくこうむ》った数より、彼らにお世話になった数の方が遥《はる》かに多い気がする。

巡はきゃっぴきゃぴのアイドルテンションで、俺を上目遣《うわめづか》いに覗《のぞ》き込む。

「どう？　今日の私……可愛《かわい》いかな？」

「えーと……」

いやまあ、可愛いっちゃ可愛い。可愛いんだけど……。

「………うん、まあ、正直なとこ……」

「うん！　正直に感想言って――」

「引く」

「さ、着替《きが》えてこよーっと！」

そう言ったと思ったら巡は鞄《かばん》を持って駅の中に消えて行き、五分後にはキャミソールにスキニージーンズという、らしいにも程がある服装になって戻ってきた。

「じゃ、行くわよ杉崎」

「お、おう……」

サバサバとしたいつもの巡にぐいっと手を引かれ、街へと歩き出す。俺が少しおずおずとしてしまっていると、不審《ふしん》に思ったらしい巡が俺を振り返った。

「なに？　どうしたのよ？」

「え、あ、いや……」

俺はぷいっと顔を横に背《そむ》け、少し頬《ほお》を赤くしながらも、正直に告げる。

「……やっぱ、そういう巡が、俺は安心するし……その……好きだなって、思って……」

「ば……！…………っ！」

「………」

二人、顔を真っ赤にしながら、無言で街を歩き出す。

……なんだかんだ言って、俺達の関係も、少しずつだが変わり始めているようだ。

＊

とはいえ、俺が事前に想定していたデートプランは、全《すべ》て却下《きやつか》となった。

映画は女優の仕事を連想するから嫌。遊園地はバラエティの仕事を連想するから嫌。

山や海への遠出はロケを連想するから嫌。美味《おい》しいと評判の店はグルメロケを——とい
った具合で、巡のまーうるさいこと。いくら恋愛《れんあい》関係になっても、巡は巡だった。

で、最終的に結局何処《どこ》に向かったのかと言えば……。

「おい。カラオケはモロに歌の仕事連想するじゃねえかよ」

「それはいいのよ別に。好きなんだから」

「あそう……」

マイクを握《にぎ》ってウッキウキと表情を輝《かがや》かせる巡とは対照的に、ガックリと項垂《うなだ》れる俺。

……なんでよりにもよって、カラオケ。いや、これが他の女の子とのデートなら、密室
で二人きりのシチュエーションも悪くはないのだが……こと巡相手となると……。

《ぼ〜え〜♪　ぼぼ〜え〜♪　ぼ〜え〜ぼ〜ぼ〜ぼ〜え〜♪》

最早《もはや》歌詞さえロクに聴《き》き取れない騒音《そうおん》が開始される。……これだ。この、壊滅《かいめつ》的を通りこして最近じゃファン達に「むしろアーティスティック」と評される歌声。これがあるから、カラオケデートだけは嫌だったんだ。なんの拷問《ごうもん》だこれは。

見ればば巡、「この歌を貴方《あなた》に捧《ささ》げるわ」と言わんばかりにウィンクしてきている。が、今はむしろそこに怖気《おぞけ》しか感じない。元の曲はどうやらラブソングで、「あなたに伝えたいこのもどかしい恋心《こいごころ》」的歌詞を歌っているらしいのだが、残念ながら俺には某《ぼう》いじめっこガキ大将の歌にしか聞こえなかった。ドラ○もんに泣きつきたい。心から。

かといって彼女の手前耳を塞《ふさ》ぐわけにもいかず、ただひたすら色即是空《しきそくぜくう》の心持ちで耐《た》えていると、ようやく一曲が終わる。

やりきったというい笑顔で一旦《いったん》マイクを置き、俺の隣《となり》のソファに座る巡。

「ね、どうだった？　どうだった？」

なんか物凄い笑顔である。普段《ふだん》だったらボロクソ言って喧嘩《けんか》の一つでもしているところだが……ここまで「デートって楽しいわね！」的テンションで来られると、そんなことも言い辛《づら》い。

「うん、まあ、その……き、気持ちは、伝わってきたかな」

気持ちは。あくまで、気持ちだけは。歌詞と音程は全く伝わりませんでしたが。

「そ、そう？　いやー、やっぱ杉崎は分かっているわね！　この前音楽評論家と対談した時も、彼女が全く同じこと言ってたもの！」

「あそう……」

なんだろう、事務所や企業からの圧力で無理矢理褒《ほ》めさせられたんだろうか。……なんて心の折れる仕事なんだ。頑張《がんば》れ、音楽評論家。

これはもう俺が歌って時間を潰した方が賢明《けんめい》だと考え、タブレット端末《たんまつ》で曲リストを眺《なが》めていると、巡が「この主題歌のドラマ出たわよ」と話しかけて来た。

「へぇ、全然知らなかった。なんの役でだ？」

「あー、なんだったかしらね。私ってほら、なぜか主演はあまり回ってこないけど、ちょい役では忙《いそが》しいから。名脇役《わきやく》の本格路線なのよね。助演女優賞狙《ねら》いっていうの？」

ゴリ押ししたい事務所と、絶対使いたくない制作陣《じん》の駆け引きが透《す》けて見える、微妙に嫌な話を聞いてしまった。

「そのドラマの役、なんだったかしら……。毎回台詞《せりふ》一言ぐらいなんだけれど……」

巡がタブレット用のタッチペンでコメカミをコツンコツン小突《こづ》いて思いだそうとしている。……しめた。こういう雑談で時間潰してしまえば、彼女の歌を聴かずに済むぞ。ようし、そうと分かったら、出来るだけ巡が気持ち良く喋《しゃべ》れる様、マイルドな相槌《あいづち》を打って話をダラダラと引き延ばそ——

「そうそう、『またお会いしましょう！』だったわ！」

「なんて悲しい一言出演だよ！」

気づいたら全力でツッコンでしまっていた！

しかし巡は「あれ、やっぱり違《ちが》うわね……」と、それだけでは止まらない。

「『細かいところまで気になってしまうのが、僕の悪い癖《くせ》』とも言った気がするわ」

「どこの右京さん役やってんだよ！　相○出るにしても、水○豊さん側を蹴落《けお》とすな！」

「ちなみにその回の私の相棒役は、スティーブ○セガールさんだったわ」

「お前それ絶対『相○』じゃねえよ！　セガールの漢字二文字シリーズの何かだよ！」

「んー、やっぱり違ったかも。……『おれは人間をやめるぞ！』だったかしら……」

「それはそれで配役ミスにも程《ほど》があるドラマ化だな！」

「あ、ちなみに私のハマリ役って言えばアレよね『七光りとえこひいきのクセに、えっらそうに！』みたいな台詞喋りつつ汎用《はんよう》人型決戦兵器乗った、アレ」

「もう完全にアニメじゃねえかよ！」

「いいえ。これはアニメではないわ。〇ヴァよ」

「もう自分で作品名言っちゃってんじゃん！」

「ん、待ってよ、『爆《は》ぜろリアル、弾《はじ》けろシナプス！』なんて言ったことある気も……」

「だからそれ、もうアニメだって——」

「そうそう、その直後に、私が一曲歌うという演出だったわ」

「確かにリアルが爆ぜて視聴《しちょう》者のシナプスも弾けるだろうけども！　しかしそれは最早エンタテイメントじゃない！　ただのテロだ！」

「ちなみにタイトルは『伝染病でも恋《こい》がしたい！』だった気がするわ」

「まず病院に行ってからでお願いしますっ！　相手のためにも何卒《なにとぞ》っ！」

「あ、ごめん、やっぱそもそもこの主題歌のドラマ出てないわ」

「じゃあなんだったんだよこのくだり！」

ツッコミ疲《つか》れてぜぇぜぇと息を吐《は》く。そうこうしているうちに巡がタブレットを操作、制止する間もなく次の曲が始まり、俺へ攻撃《こうげき》的超音波《ちょうおんぱ》が降り注ぐ！

なんやこれ！　こんな波状攻撃、もうデートどころやない！　アイドルがここまで壊滅的だなんて、もうチートやチーターや！　デートにチーターで、データーや！

そんなわけでデーターの音響攻撃《おんきょう》を歯を食いしばって堪《た》え忍《しの》んでいると、ようやく二曲目を歌い終えた巡が、再び満足げに俺の隣へと着席した。

「さぁて喉《のど》も温まってきたし、次はマキシマム〇ホルモンの曲を全力で――」

「俺を殺す気かっ！」

「？　なによ杉崎。まさか私の歌が聴けないなんて……」

やばい。相手が巡と言えど、流石《さすが》にデート相手怒《おこ》らすのはまずい。

「そ、そうは言ってないだろ。ほら、一旦、ジュースでも飲んで落ち着けよ。な？」

「まあ……それならいいけど」

そう言うと巡はタブレットを置き、素直《すなお》にジュースを飲み始めた。……ふぅ、これでようやく一息――って。

「あ、巡、それ俺の飲んでたジュース……」

「え？」

驚《おどろ》いた巡がちゅぽんっとストローを口から離《はな》すも、時既《すで》に遅《おそ》し。間接キスはガッツリ成立してしまっているわけで……。

「…………」

「…………」

室内に気まずい空気が流れる。……なんだこれ。去年だったらこんなの、全然気にしてなかったはずなのに。っていうか、普通《ふつう》に回し飲みとかしてたし。

『タッチ操作で好きな曲を選んでね！』

タブレット操作を途中《とちゅう》で中断していたせいか、正面モニタから明るいガイド音声が流れる。俺と巡はそれをキッカケに、互《たが》いに露骨《ろこつ》に視線を逸《そ》らしながらも、会話を再開させた。

「さ、さぁて、俺も歌っちゃおうっかなー」

「そ、そうね、うん。折角なんだから、アンタもじゃんじゃん歌いなさいよ」

「お、おう、歌っちゃうぜぇ～」

言いながら、とりあえずこの微妙《びみょう》な空気の漂《ただよ》う室内になんでもいいから音楽をかけるため、ランキング一覧画面からテキトーに選曲して送信する。――と、モニタに映し出されたのは……。

《お前に捧げる愛の歌～もう友達なんかじゃいられない～》

「………」

「………」

伴奏《ばんそう》が始まり、歌詞がモニタに表示され、そしてAメロが始まる。しかし出だしから歌詞が──

《ずっと気軽につるんでいた俺とお前。だけどいつからだろう、気がつけば視線は常にお前だけを～》

──とかいう、ガチで歌いにくいにも程がある内容だ。俺は煮《に》え切らない小声でただただフンフンと、まるで鼻唄《はなうた》のようにメロディーをなぞる。

俺が真っ赤なのは勿論《もちろん》だが、巡は巡で非常にいたたまれない表情をしていた。……誰《だれ》か助けて下さい。なんですかこのカラオケ。こんなに歌うことが苦痛なの、初めてだよ。

そのままもにょもにょと歌いきり、カラオケ採点システムが驚異《きょうい》の低得点を叩《たた》き出したところで、俺はソファに戻《もど》って再びタブレット操作を始める。歌う気などもうすっかりなくしていたが、巡と視線を合わせるのも気まずい。

しばらく俺が黙々《もくもく》とタッチペンを動かしていると、空気を改善しようと気を遣《つか》って覗《のぞ》き込んできた巡が、「あ、これこれ」と再び画面を指差した。

「この主題歌のドラマ出たわよ」

「へぇ、知らなかった……って、なんかこのやりとり、さっきもしたような……」

この感覚……まさか、NARUT○においてう○は一族に伝わるという幻術《げんじゅつ》――

「イザナミだ」

「なんのために!? デート相手をループの中に落とそうとすんな!」

「だ、だって……」

「だって、なんだよ!?」

俺の質問に、巡は急に立ち上がると、俺をキッと睨《にら》み返し、どこかヤケクソ気味の涙目《なみだめ》で反論してきた。

「こんな時間がずっと続けばいいなって願うことが、そんなに悪いわけ!?」

「へ?」

キョトンとしてしまう俺に、巡は更《さら》に攻勢《こうせい》をかけてくる。

「仕方無いじゃないっ、ずっと夢だったんだから、こういうの! なによ! 幸せ噛《か》み締《し》めて悪い!? 二人っきりの密室で仲良く過ごせることが幸せで、何か悪いのかしら!?」

「お、おい、巡、落ち着――」

「はいそーですよーだ！　片想《かたおも》いの期間長かっただけに、最早こんな程度のことでこちとら幸福度MAXですよ！　しょーがないじゃない！　だって私、アンタのこと、今や自分でも引く程好きなんだからっ！　あー、もう、大好き！」

「……お、おう。ありがとう……」

「どういたしましてっ！」

一通り叫《さけ》び終わると、巡はぜぇぜぇと肩《かた》で息をしつつ俺の隣《となり》にボスッと着席した。……やばい。なんかどんどん、ほっぺたが熱くなってきてる。なんだこれ。ここまでドストレートに好意ぶつけられること無いから、どうしていいのか分からない。

『…………』

二人、ただただ無言で隣に並び座る。お互いに真っ赤な顔は伏《ふ》せ、膝頭《ひざがしら》がちょこんとぶつかる度《たび》にびくんと過剰《かじょう》反応し、少し距離《きょり》を取り直してしまう有様だ。

涙目のままの巡が、ぽつりと、本人も無自覚な様子で小さく独り言を漏《も》らす。

「なによもう……私ばっかり……こんな……。……みっともない……」

「…………」

俺はそんな彼女に、なんて声をかけていいものやらも分からず……結局、その状態はカラオケの時間終了《しゅうりょう》コールが室内に響《ひび》くまで続いたのだった。

＊

カラオケを出ると既に昼過ぎだったため、遅めの昼飯を食べようということになった。飲食店街を二人、口数少なめで歩く。決して無言ではなかったものの、上手《うま》く弾《はず》んだ会話でもなかった。

喋って、応じて、終わり。喋って、応じて、終わり。格ゲーで言えば、単発ジャブばかりで、コンボになってない感じというか。一応成り立ってはいるのだけれど……気持ち良くは、ない。

そんなぎくしゃくした有様だから、中々入る店も決まらない。カラオケで多少つまんだとはいえ、流石に腹の空《す》いてきた俺は、無理矢理気味にテンションを上げてかかる。

「よし、まずジャンルだけでも決めようぜ、巡！」

「じゃあ高学歴歌手で。Qさ○のインテリ美女枠《わく》で呼ばれる感じで」

「お前のジャンルじゃねえよ！」

俺がテンション上げているというのに、巡は相変わらず若干《じやつかん》気の無い様子だった。しかし俺は負けじと会話を続ける。

「食事のジャンルだよ！　和洋中のどれがいいとか、大枠だけでも決めようぜ！　巡は何か、食いたいものあるか？」

「うーん、特にこれといって……」

く、質問の仕方を間違《まちが》えたか。よし、だったらここは逆からいこう。

「じゃあ、逆に、何が食べたくない？」

「え？　そうね……。……塩化ビニールとか？」

「皆常《みんな》に食べたくねぇよ！　そうじゃなくて！　食べ物の中で、食いたくないもの！」

「不味《まず》いもの」

「だろうねっ！　それはそうだろうねっ！　でももっと絞《しぼ》った感じで！」

「ＯＬがセクハラ課長への復讐《ふくしゅう》として淹《い》れた臭《くさ》いお茶」

「雑巾《ぞうきん》絞る感じじゃねえよ！　俺は、昼食のジャンルを狭《せば》めろって言ってんの！」

「ベビー○ターと酢飯《すめし》を使った斬新《ざんしん》な肉料理」

「狭すぎるよ！　どこのアイア○シェフにオーダーする気だよ！　っつうか、ちょっとは頭働かせろ！　俺は昼飯の意見求めてんの！　どこ入るか決めたいだけなの！　ＯＫ!?」

俺の激昂《げっこう》に、巡が目をぱちくりとさせる。どうやら、呆《ほう》けた状態を脱《だっ》したらしい。

「ＯＫよ。ごめん、なんかボーッとしてたわ。昼食よね？」

「よぉし！　じゃあ今こそ改めて訊《き》こう！　何か食べたいものあるかっ！　巡よ！」

俺のその、核心《かくしん》に迫《せま》る質問に。巡はすっかりいつもの巡に戻り、胸を張って、元気に答えてきた。

「約十五分前に通り過ぎた和食の店が良かったわ！」

「今頃《いまごろ》言うなぁあああああああああああああああああああああ！」

というわけで。

結局そこから俺達は十五分ほど引き返し、その和食の店で昼食をとったのだった。

＊

「うーん……」

ご飯を食べ終わり、熱いお茶を飲んで一服したところで、俺は思わず唸《うな》る。

巡が首を傾《かし》げた。

「どうかした？　ぷ、プロポーズのタイミングだったら、今でもいいわよ」

「いやそれは違《ちが》うんだが」

サクッと流す。巡は不機嫌《ふきげん》そうにむくれていたが、しかし今の俺には、それ以上に気になることがあって仕方無かったのだ。

しばらく悩《なや》んだ末、黙《だま》っていても何も解決しないなと、思い切って切り出す。

「なんか妙《みょう》に……みょーに思い出すんだよなぁ……お前との食事中、ずっと……」

「なぁに？　まさか他の女の話？」

「うん、まあ、それは、そうなんだけど……」

「ちょっと、なにそれ、いくらなんでも私に失礼じゃ――」

そう巡が怒《おこ》りかけた瞬間《しゅんかん》。俺は、ぽつりと……その、頭にちらついて仕方無い女性の名前を口にした。

「京都で出逢《であ》った、『月夜《つくよ》』っていう舞妓《まいこ》さんのことなんだけどさ……」

「ぶっ！」

「うわっ、汚《きたな》っ！」

唐突《とうとつ》に巡が茶を噴《ふ》き出す！　幸い俺にはかからなかったものの、テーブルが汚《よご》れた。巡がおしぼりでそれを拭《ふ》きつつ、なぜか顔を必要以上に俯《うつむ》かせて訊《たず》ねて来る。

「な、なんでまた、そんなことを……」

「いやぁ、それが俺にもよく分からないんだよな。お前と和食食ってたら、なんか、急に月夜さんと湯葉《ゆば》食べた時のこと思い出してさ。……解《げ》せぬわー」

「そ、そう。まあ、そういうことも、あるんじゃない？」

どこか余所余所《よそよそ》しい態度の巡。まあ他の女の話をデート中にされても困るわな。しかしそうは分かっているものの……なーんか、妙に頭にちらついて仕方無いんだよなぁ、月夜さんのこと。なんでだろう。

俺はテーブルに肘《ひじ》をつき、ぽけーっと彼女の姿を回想する。

「しかし、やっぱ綺麗《きれい》だったよなぁ、月夜さん……」

「そ、そうなの？」

「ああ。舞妓さんなんて、あの衣装《いしょう》と化粧《けしょう》さえあれば誰でも美人に見えるもんだと思ってたけど……やっぱ、本物の美人さんってのは違うんだなぁって、改めて思ったわ」

「そ、そう……」

見ると、なぜか巡の耳が真っ赤になっていた。？　テーブル、そこまで本気で拭かなくてもいいのに……。ああ、アイドルが茶噴き出すとかアレだから、痕跡《こんせき》は出来るだけ丁寧《ていねい》に消しておきたいのか。流石《さすが》、そういうとこ職人だな、巡は。……職人といえば。

「月夜さん、まだ舞妓さん頑張《がんば》ってるのかなぁ」

「ま、まあ、芸事に励《はげ》んではいるんじゃないかしらね、ええ」

「？　なんで会ったことも無い巡が答えるんだよ」

「べ、別に、想像よ、想像！　月夜さんの話を振《ふ》ったのは、そもそもアンタでしょうが！」

「いやそりゃそうなんだけどな」

自分でも不思議だ。デート中にここまで他の女性のことを連想するなんて。

「そういや月夜さん、よく考えると誰《だれ》かに似てた気がするんだよな……」

「へ、へへへ、へぇ～」

巡が妙に上擦《うわず》った声を出し、湯呑《ゆの》みの中の茶をぐっと呷《あお》る。あれまだ熱いだろうに。

俺は月夜さんの顔を出来るだけ詳細《しょうさい》に回想しつつ、ぽつりぽつりと呟《つぶや》く。

「そうだ……月夜さんが似てたのは……アレだ……」

「ごくり。……えと……だ、誰？」

巡が茶を音を鳴らして飲み下しながら訊ねて来る。俺は……額に手をやったまま、答えた。

「ホッキョクグマ……」

「白いってだけでしょうがっ！　せめて人間で喩《たと》えなさいよねっ。失礼な！」

なぜか巡が激昂していた。理不尽《りふじん》ではあるものの、確かに俺もホッキョクグマではない気がしていたので、「人間……」と再考する。そして……。

「第三新東京市の下、NE○Vの地下ターミナルドグマ内に安置されていたアレ……」

「リ○ス！　解釈《かいしゃく》によってはこの上なく人類かもだけど！　そして白いけども！　女の子の外見をあんなので形容しないでくれる⁉」

「じゃあ、デス○ートを使って新世界の神になろうとしていたあの人……」

「名前の字面《じづら》だけでしょ！　確かに月も夜も入っているけども！　けども！」

「あ、月夜さんってもしかして、ゴールデ○ボンバーに在籍してたりは……」

「しないわよ！　っていうか、アンタ月夜に白塗《しろぬ》り以外のイメージがないわけ⁉　いくらなんでも、失礼すぎるでしょう！」

気がつけば巡がブチ切れてしまっている。俺は思わず首を傾げた。

「さっきから、なんでお前が怒ってんの？」

「え？　あ……」

途端《とたん》、巡が顔にダクダクと汗《あせ》を掻《か》き始める、なんだ、どうした。なんで月夜さんのことで、こいつがこんなに動揺《どうよう》を……。……まさか……。

「まさか……巡……お前……」

「う⁉」

視線が泳ぐ巡。俺は確信した。流石女心に敏《さと》い俺。こいつは絶対……そうだ。

俺はごくりと生唾《なまつば》を飲み込むと……ニヤッと笑って、指摘《してき》してやった。

「さては、俺がずっと他の女の話してるから嫉妬《しっと》してやがんなぁ？　このこのぅ！」

「え？……………あー………うん、そうね」

途端、一気に感情を失った表情を見せ同意する巡。やはりそうか！　ふふふ、流石敏感《びんかん》主人公だな、俺！　普通《ふつう》のラブコメ主人公だったら最後まで全然気づかないぞこれ！

俺が悦《えつ》に入《い》っていると、巡は何か「なんか懐《なつ》かしいガッカリ感だわ……そうよ、これよ……これぞ杉崎鍵《けん》という男よ……」などとぶつぶつ呟いていた。

まあそんなわけで、月夜さんが誰に似ているかこそ分からなかったが、巡の嫉妬には気づけたので俺的にはスッキリだ。

俺達はもう一杯《ぱい》だけお茶を貰《もら》った後、和食店を出たのだった。

＊

結局、それから大したことは出来なかった。

既《すで》に夕方に差し掛《か》かっていたこともあり、食事の後は二人でウィンドウショッピングと洒落込《しやれこ》んだのだが、巡のリアクションがどうにも乏《とぼ》しく……俺にも特に買い物は無かったため、何をするわけでもない時間が淡々《たんたん》と過ぎ去った。

別に喧嘩《けんか》しているわけでも、空気がギスギスしているわけでもないのだが……かといって、盛り上がってもいなかった。実にフラットな状況《じようきよう》。変な話だが、だったらまだぎゃあぎゃあと喧嘩しているぐらいの方が良かった。巡と「普通」に過ごす時間は、本当に……妙な感じだ。他の誰といても、こんな気持ちにはならない。

なにをするでもなく、ただ、二人で街を歩く。

そうこうしているうちに、丁度通りかかった時計広場の鐘《かね》が午後六時を知らせる。俺達は、それぞれに「そろそろ解散か」と思っていたものの、なぜか口には出せなかった。

代わりに、巡が無言で広場の方へ足を向けたため、俺もそれに続いた。

大時計が設置された噴水《ふんすい》を、街灯とベンチが取り囲む。ここは碧陽《へきよう》学園の近隣《きんりん》なので平日はそこそこ生徒がたむろしているが、休日は逆に閑散《かんさん》としている。

暖色系の光に満たされた無人の広場は、散々見慣れた場所とはいえ少し幻想的《げんそう》だ。俺と巡はなんとなく、噴水の前まで歩いた。

二人でぼんやりと噴水を眺《なが》める。イルミネーションというほど立派ではないが、中に組み込まれた光源が一定周期で切り替《か》わり、噴水の色を変える。

しばらく互《たが》いに無言でそれを眺めていると、噴水の色が青くなったところで巡が口を開いた。

「……やっぱさ、普通の友達のままの方が、良かったのかな？」

「え？」

驚《おどろ》いて巡を見る。彼女はしかし、静かな瞳《ひとみ》で噴水を見つめたままだった。

こちらを見ずに、巡が続ける。

「私はさ、アンタが好きよ。それは今でもなんにも変わらない。っていうか、むしろどんどん気持ちが強くなってるわ。自分でもびっくり。なんでこんなハーレム野郎《やろう》がいいのかって思うけど、アンタが新生徒会のために頑張っているとこ見てると、なんでか、嫉妬より愛《いと》しい気持ちの方が先行しちゃうのよね。こりゃもう駄目《だめ》よ」

「……ありがとう」

頰《ほお》を掻いていると、巡が、不意にこちらを見る。そして……。

「でも、アンタから私に対する気持ちは、多分、違《ちが》うんでしょ？」

「…………」

俺が呆気《あっけ》にとられて黙ってしまっていると、巡は苦笑《くしょう》して再び噴水に視線を戻《もど》した。噴水の色が黄色に変わる。

「きっとアンタは、こう思ってる。『友達で居た頃《ころ》の方が俺達らしかった』って」

「いや……」

「否定しなくていいわよ。だって、私もそう思ってるもの。今より前の方が、絶対、『らしかった』って。それは、誰が見ても明らかな事実だと思うわ」

「いや、だから――」

言いたいことが沢山《たくさん》あった。だけど巡はそれを許さないかの様に、一人喋《しゃべ》り続ける。

「それでも多少は希望持ってたんだけどね。今日のデートで、確信したわ。いつだって……テンパるのは私だけ。アンタはあの頃からずっと変わらずアンタのままで……それは全然悪いことじゃないけど……」

そこで巡は、まるで全《すべ》ての感情を飲み込むかのような、苦笑を見せた。

「なんか、しんどいかな、正直。こうまで、一方通行ってのはさ」
「あのな、巡、だから俺は――」
「ははっ……まいったねー、どうも。自分じゃ強い女のつもりだったんだけどなぁ。あー
あ。ホント、最悪。こういう女々《めめ》しい気持ちの押し付けみたいなの、私が一番嫌《きら》いな奴《やつ》だ
よ。……でもさ、困ったことに、正直なとこなんだよね」
「おい聞けって。あのな巡、俺――」
「で、さっきも言ったけど、だったら『ただの友達だった頃』の方がまだマシだったって
のも、本音。だからさ、杉崎」
そこで区切って、巡はこちらを向く。噴水の色が、赤く変わった。
周囲が赤い光で包まれる中。彼女は……今日何度目になるか分からない苦笑いで、心底
仕方なさそうな笑《え》みを浮《う》かべ……そして、提案してきた。
「いいよ、私の気持ちに無理に付き合わないで。アンタが友達を望むならさ、私は――」
プチンッと、自分の中で何かが切れる音がした。

そうして次に気づいた時には、俺は――

「ん――!?」

「(!?)」

――いつの間にやら、彼女の唇《くちびる》を、自分の唇で塞《ふさ》いでいた。

ドアップの巡が瞳を大きく見開いている。俺は俺で混乱して、顔を真っ赤にするも、しかし離《はな》れることだけはせず、むしろ彼女の肩《かた》をガッチリ掴《つか》まえ、強く唇を押し付け続けた。

情緒《じょうちょ》もへったくれもない、粗野《そや》で乱雑なキス。

しかしそれでも、赤い噴水をバックに、二人の影《かげ》は重なり続ける。

一体何秒、そうしていただろう。ホンの一瞬《いっしゅん》だった気もするし、気が遠くなるほど長い時間だった気もする。

気がつけば、巡が俺の腰《こし》に手を回してきていた。瞬間、なぜだかキス自体よりも巡のそのしおらしい女性的反応が妙《みょう》に気恥《きは》ずかしくなってしまい、俺は慌《あわ》てて離れた。

「…………」

ぽぉーっと頬を染めて俺を見つめる巡が視界に入り、慌てて彼女に背を向ける。……あんまりに可愛《かわい》いすぎて、このまま見てたら自分が更《さら》に何しでかすか分かったもんじゃなかったからだ。

俺はギュッと目を瞑《つぶ》り、俯《うつむ》き加減《かげん》で背後の巡へと、ヤケクソ気味に叫《さけ》んだ。

「お、おお、俺の気持ちをッ、かか、勝手に推《お》し量って、勝手に結論付けてんじゃねぇぞコンチクショウ！」

「……はい？」

キス直後とは思えない、俺の逆ギレみたいなテンションに、巡が戸惑《とまど》った声を返す。

……ああっ、もう！　俺だって意味分かんねぇよ！　正直キスなんてするつもり全然なかったし！　だけど……だけど、あれ以上巡の言葉を聞いていられなかったのは事実で！

そしてなにより――

「守にも注意されたけど……俺の気持ち全然伝わってなかったなら、それは悪かった！

申し訳無い！　ハーレム王名乗っておいて……日頃《ひごろ》は散々甘い言葉を吐《は》きまくっておいて、肝心《かんじん》なとこでちゃんと気持ちを伝えられないなんて、愚《おろ》かしいにも程《ほど》がある！　そこは、心底反省してる！　してます！」

「はぁ……」

巡の緩《ゆる》い反応。しかし、俺は構わず続ける。

「だけどっ！　だからって、お前に対する気持ちが全然変わってないとか、そんなこと……あるはずないだろ！　普通に、全然変わらないように見えたって？　そりゃそうだろ！　俺も必死でドキドキ押し殺して、普通であるように努めてたんだから！」

「あ……」

「でもそういう態度が、余計巡を不安にさせてたんなら、ホント、悪かった！　でも……でもなぁ！　お前の事全然意識してないなんて、そんなわけあるかよ！　だから……」

「だから？」

俺は拳《こぶし》を握《にぎ》りしめ……体が信じられない程熱くなる中、叫ぶように、告げた。

「さっきのが、俺の、本音だよ！　ああ、もう！　元悪友にああいうこと期待していて悪かったなちくしょう！　こちとら絶賛童貞《どうてい》中の高校生男子ですよーだ！」

「……ぷっ」

突然《とつぜん》、巡が噴《ふ》き出す。何事かと思って振《ふ》り返ると……巡は、耐《た》えきれない様子で、遂《つい》には腹を抱《かか》えて笑い出した。

「あはははははははははっ！　くく……ははっ、あー、おかしい！　あははっ」

「な、なんだよ！　人がこうして恥《は》ずかしい心の内を全部晒《さら》したのは、一体誰《だれ》の——」

「あはははっ！　ひー……もう、馬鹿《ばか》みたい。やっぱ全然変わってないじゃん、私達」

「……え？」

　意味が分からず目をぱちくりする俺に、巡が心底可笑《おか》しそうに笑いながら続ける。

「互いにしょーもない欲望持ってて、でも常にそれがすれ違っていて。なんてことないわ。出逢《であ》った時から、全然変わらない。やっぱ私達って……私達だ」

「巡……。…………そう、だな」

　俺も、思わず笑顔になってしまう。その通りだ。ホント……変わってない。よく考えれば、たとえ互いへの気持ちが多少変わったところで、俺は俺、巡は巡だ。そこが何にも変わってない以上……必要以上に関係性を気遣《きづか》うことなんて、なかったのかもしれない。

　巡はひとしきり笑うと、最後にニヤッと口の端《はし》を吊《つ》り上げて、俺に右手を差し出してくる。

「やっぱり、さっきの撤回《てっかい》。友達に戻るとか、馬鹿みたい。だって私達元からクラスメイトで、悪友で……そして、恋愛《れんあい》関係じゃない。どれか一つに無理して絞《しぼ》ろうってのが、そもそもの間違いなのよ。だから……改めて、よろしく！　今度は、飾《かざ》らない私とアンタとして！」

「ああ……よろしくな、巡。俺、こんな情けないヤツだけど……」

「あはは、知ってるわよ！　でもいいの、そこが好きなんだから！」

「……ったく、お前はお前で、気持ちをあけすけに言い過ぎなんだよ。だからこっちはなんか言い辛《づら》いんだろうが……」

照れながらも、巡と握手《あくしゅ》を交《か》わす。

瞬間、まるでそれを祝福するかのように、噴水《ふんすい》が七色に明滅《めいめつ》しだす。

その、あまりに出来すぎた、ドラマの様な演出に俺と巡はしばしぽかんとし……そして、二人目を見合わせると、もう一度、盛大《せいだい》に笑った。

昔の俺達の様に。

今の俺達の距離《きょり》で。

＊

「杉崎っ！　あんた今日生徒会もバイトも無いらしいじゃない！」

「げ、巡」

週末が明け、月曜日の放課後。こそこそと帰り支度《じたく》をしていると、最悪なことに巡に捕《つか》まった。そーっと視線を逸《そ》らすも、しかし巡は机をバンッと強く叩《たた》き、酷《ひど》い剣幕《けんまく》で詰《つ》め寄ってくる。

「なんでそういうことを私に報告しないわけ⁉　ああん⁉」

「だ、だって、そんなのお前に報告したら……」

俺の貴重な放課後が、絶対無為《むい》に潰《つぶ》されるじゃん。そんなの目に見えているにも程があるじゃん。

俺の気持ちに賛同してくれそうな、守に視線を送る。彼は一つ溜息《ためいき》をつくと、律儀《りちぎ》にこちらへと仲裁に向かってきてくれた。……コイツ、いいヤツすぎんだろう……なぜかこちらが悲しくなる程に。

「絡《から》むなよ姉貴。杉崎にとって生徒会もバイトも無い日ってのがいかに貴重か、姉貴にだって分かるだろ？　そっとしておいてや――」

「ほら、守も言ってるでしょ！　バイトならいつだってオレが代わりに入ってやるから、今日を特別に思う必要なんてないぜって！」

「言ってねぇけど⁉　姉貴⁉」

「……そういうことなら、俺も巡と行動を共にすることもやぶさかではないが……」

「ちょ、勝手に決めないでくれる!?　オレ杉崎のバイト代役とかしねぇよ!?」

「決まりね、杉崎。じゃあ今日は私に付き合うこと」

「ＯＫ。その代わり守が今後一ヶ月、俺のバイトを無償《むしよう》で代役してくれるってんだから、安いもんだぜ」

「なにその条件！　ちょ、ちょちょ、オレホントにそんなのやらね──」

「ようしっ、これで取引成立ね、杉崎！」

「おう、これがＷＩＮ─ＷＩＮの関係ってヤツだな！」

「お前らはね！　そりゃどっちも得だろうね！　なぜならオレが大敗してるからね！」

「ようし、じゃあ帰るか、巡！」

「そうね、杉崎！」

「オレの存在ってお前らにとって都合のいい時しか認識《にんしき》されねぇのな！」

なんか耳元で小バエが五月蠅《うるさ》かった気がするが、まあ気のせいだろう。

そんなわけで、俺は巡と帰宅するべく席を立った。

教室を出る間際《まぎわ》、守の嘆息《たんそく》交じりの呟《つぶや》きが耳に入る。

「ったく、結局全然変わんねーのな、この二人は……」

その、呆《あき》れとも喜びともとれる、彼の呟きに。

俺は巡と並びながら、確かにそうかもしれないと納得《なっとく》する。

「じゃあ行くわよ、杉崎！　ショッピングに！」

「はぁ!?　帰るだけじゃねえのかよ！」

「なに言ってんのよ！　土曜のデートで服買って貰《もら》うのすっかり忘れてたから、今日買って貰うのよ！　ちなみに利子がついたから二着ね！」

「なんの利子だよ！　ったく、アイドルのクセになんつうガメつい女だ……」

「うっさいわね、ケチなハーレム王よりマシでしょ！」

「ああん!?」

「なによ!?」

ご覧の通り、結局俺達の関係は、そうそう変わっていない。互《たが》いを好きだって告白したところで、それはそれ、これはこれだ。

「ああ、もうっ！　っつうか、歩くのおーそーい！　ちゃっちゃと足動かす！」

だから、実際俺達の恋愛報告に、過度な期待をされても困る。この原稿《げんこう》を最初に読ませたいと思っている、転校先のとある親友なんか、読み終わってすぐにメールで文句を言ってきそうなもんだが、仕方無い。

「お前が歩くの速ぇんだよっ、巡！　ちょっとは俺に気を遣《つか》えや！　さっきからずっと、お前のせいで――」

だって、そこはやっぱり俺と巡だから。これぱっかりは、どうしようもない。いくら恋《こい》バナとして盛り上がりに欠けると言われても、知ったことか。

俺と巡の物語である以上、こんな代わり映《ば》えしない風景で終わるのは、ある意味必然ともいえるわけで。

………まあ、ただし……。

「――手、痛《いて》ぇんだよ！　もっと緩く握れよなっ、この馬《ば》鹿力《かぢから》アイドル！」

「うっさいわね！　アンタこそ汗《あせ》ばんでて気持ち悪いのよっ、このハーレム童貞！」

二年前から劇的に変わった風景が、一切《いっさい》無いとも、言わないけどな。

邂逅する生徒会

「ハーレム王に、俺はなれたかな？」 by 杉崎

「先人の知恵《ちえ》から学ぶべき事は実に多いのよ！」

会長がいつものように小さな胸を張ってなにかの本の受け売りを偉《えら》そうに語っていた。

しかし次の瞬間《しゅんかん》、そこへ間髪《かんはつ》入れずに水無瀬《みなせ》が発言。

「そうですね。まさにその通りだと思います。そもそも極論してしまえば、知識というものはすべて『先人の知恵』というカテゴリに分類されてしまうわけで。しかしそう考えると、むしろわざわざ『先人の知恵は偉大《いだい》』と表現することに些《いささ》かの抵抗《ていこう》や傲慢《ごうまん》ささえおぼえるわけですが、その辺について桜野《さくらの》前会長はどうお考えでしょうか？」

「え？　あ、う……？」

今まで全く経験したこと無いであろう怒濤《どとう》の切り返しに、会長が固まった。

が、見かねた知弦《ちづる》さんが、やれやれといった様子で助け船を出す。

「そういった考察は話が逸《そ》れてしまうし、後にされたらどうかしら、水無瀬さん」

知弦さんの指摘《してき》に、水無瀬が素直《すなお》に頷《うなず》く。

「そうですね。すいません、話の腰《こし》を折りました。どうぞ続けて下さい、桜野前会長」

「え、あ、う、うん……」

会長はそう答えるも、すっかりその勢いは削《そ》がれていた。目を泳がせながら本日の企画《きかく》趣旨《しゅし》をしどろもどろで解説し始める会長。しかしあまりに説明が拙《つたな》くて分かり辛《づら》い。

仕方無いので、俺は俺なりに、この不思議な光景に至る理由——本日の趣旨を整理する。

そもそも今日は、『新生徒会の活動を、生徒会ＯＢが見学に来る』という企画だ。

しかしこの惨状《さんじょう》を見れば分かる様に、現在ここに居るのは俺、（前）会長、知弦さん、水無瀬流南《るな》の四名だけ。残りの参加者五名……椎名姉妹《しいなしまい》と、西園寺《さいおんじ》つくし、日守東子《ひのもりとうこ》、火《か》神北斗《がみほくと》は遅刻《ちこく》中という現状である。

ただ、椎名姉妹に関しては天候不良の関係で飛行機の到着《とうちゃく》自体が遅《おく》れているという理由があるため仕方無い。問題は新生徒会メンバー達の方で、こいつらの遅刻の理由は全員不明。まあ俺や水無瀬からすれば、新生徒会の足並みがバラバラなのはいつものことなので慣れっこなのだが……。

会長が現状説明を終えたところで、妙《みょう》に笑顔《えがお》の知弦さんが俺に視線を向けてきた。

「それで、キー君？　深夏《みなつ》と真冬《まふゆ》ちゃんは仕方無いけど、どうして貴方《あなた》達以外の、新生徒会の皆《みな》さんはいらっしゃらないのかしら？」

「えと……それは……」

「私達、今日は後輩《こうはい》達の活動模様を見学し、安心したくて、こうしてわざわざ平日に訪《おとず》れたのだけれど？　その辺、今の生徒会の皆さんにはご理解頂けてないのかしら？」

「う……あの……えとそんなことは……」

あるかも。メンバー的に。いや、でも、別に知弦さん達に敵意があってこんなことしているわけでは……ないことも、ないヤンデレがいる気がするけど。とはいえ面倒《めんどう》でこの企画をサボったりは……しそうな腐女子《ふじょし》もいるけど。け、けど、うん、少なくとも現会長だけは凄《すご》くやる気があって、今日の企画にも大層気合いを入れていたから、絶対に参加――出来ない可能性がむしろ高いと思われるな、うん。

やばい、なんの言い訳も思い浮《う》かばない。

知弦さんの視線が痛くて会長の方を見るも、こちらはこちらで無邪気《むじゃき》に楽しみにしていた分、少しむくれている様子。……いたたまれない。非常にいたたまれない。

またこの二人、実は本日わざわざ碧陽《へきよう》の制服を着て……半ばコスプレのような状態で企画に参加してくれているものだから、その気合いの空回り感も含《ふく》めて、そのいたたまれなさたるや……。

別に碧陽は上下関係に五月蝿《うるさ》い校風でもないし、特に生徒会なんて先輩後輩関係があって無いようなものだが、しかし、それにしたって、OBを迎《むか》えるにあたって生徒会役員の過半数が居ないのは流石《さすが》にやばい。失礼にも程《ほど》がある。

新生徒会との対面を楽しみにしていた会長がしょんぼりし、それを見た知弦さんが軽く苛立《いらだ》ち、更《さら》にそれを察した会長がなんとか空気を盛り上げようと懐《なつ》かしの名言を切り出せば、水無瀬が空気の読めないツッコミを入れ、再び知弦さんの不興を買う。

……ここまでの説明で、恐《おそ》らくはご理解頂けたことと思うが。

現在、実はなかなかの泥沼《どろぬま》でございます。

『…………』

沈黙《ちんもく》が重い。また、ここで唯一《ゆいいつ》参加している新生徒会役員・水無瀬が――

「さて、今日は数学にしておきますか……」

「(こいつ……！　この状況《じようきよう》でもやるかよそれ……！)」

悪気は無いんだろうが、机にノートを広げて勉強を始めやがった！　いやいつものことだけど！　俺や新生徒会の面々からしたら何も気にしない行動だけど！　しかしお前今それは……！

「…………」

「（ああっ！　知弦さんの笑顔が怖《こわ》い！）」

ＯＢとしてないがしろにされているにも程がある態度に、知弦さんの笑顔がどんどん暗い輝《かがや》きを増す。

さっきの切り返しで水無瀬に対して苦手意識が芽生えたらしい会長に代わり、知弦さんが耐《た》えきれない様子で切り出してきた。

「あの、水無瀬さん？」

「はい、なんでしょうか紅葉《あかば》前書記」

何の悪びれた様子もなくキリッと応じる水無瀬。知弦さんがニコォッと笑顔で訊《たず》ねる。

「どうして今、勉強されているのかしら？」

「？　質問の意図が分かりませんが？　学生が勉強して何か問題が？」

「あ、貴女《あなた》はＴＰＯというものを知らないのかしら？」

「すいません、ＰＳＰ版テイルズオブファ○タジアは現在品切れしておりますが」

「ＴＯＰじゃないわよ！　というかなぜにゲームショップ対応!?」

水無瀬のマイペースぶりに知弦さんが愕然《がくぜん》としていた。あまりの非礼に、俺は隣《となり》に座る水無瀬を肘《ひじ》で小突《こづ》く。水無瀬がぶすっと睨《にら》んできた。

「(なんですか杉崎君。貴方は暴力でしか愛情表現出来ない人なのですか)」

「(大して強く小突いてないだろうがっ！　そうじゃなくて、お前！　なんで先輩相手にそう失礼な態度ばかり取るんだよ！　そういうのは俺相手の時だけにしておけよ！)」

「(？　何を言っているのですか？　私は生まれてこの方、他人に失礼な態度を取ったことなど一度も無いと自負しておりますが？)」

「(自己認識《にんしき》のズレがパねぇ！　いやとにかく、知弦さん達にはちゃんと誠実に対応しろよ！　先輩だぞ、先輩！)」

「(？　はぁ。一応敬語は使っているつもりですが……)」

あかん。全然ピンと来てないぞこいつ。俺は更に注意を促《うなが》そうと、会長や知弦さんに声が聞こえないよう、水無瀬の耳に顔を寄せ――

「ふぅん……。随分《ずいぶん》水無瀬さんと仲がよろしいようねぇ、キー君」

「え」

気付くと、知弦さんがニッコニコと俺を見つめていた。たらりと汗が流れる。

水無瀬の耳元で固まる俺に、水無瀬が一言。

「むしろ不興を買っているのは、貴方の方では？」

「誰《だれ》のせいだよっ！　誰の！」

いい加減ぶちキレて怒鳴《どな》るも、水無瀬は相変わらず無表情でボケッとしていた。こいつ、そもそも自分に非があるという発想が無《ね》ぇ！

どうしたものかと困り果てていると、会長が「まぁまぁ」ととりなす。

「ほ、ほら、杉崎《すぎさき》は誰にでも馴《な》れ馴れしいヤツだし！　水無瀬さんも、全然悪気とか無いハズだからさ！　た、楽しく喋《しゃべ》ろうよ、ね！」

ぎこちない笑顔で一生懸命《けんめい》な会長に、荒《あ》れた空気が一気に落ち着く。……大人だ！　会長が、なんか、大人だ！　すげぇ！　これが大学生パワーか！

水無瀬が「なるほど」とノートを一旦《いったん》パタンと閉じて、会長に頭を下げる。……おお！

「すいませんでした。ついいつもの習慣で、なんの説明もなく、身勝手な振《ふ》る舞《ま》いを行っていたやもしれません」

「え？　あ、いいよ、全然！　うん！　なんの説明もない身勝手な振る舞いなんて、私以外の人類なら全員していることだよ！」

笑顔で応じる会長。ツッコミを控《ひか》える俺。知弦さんも歪《いびつ》な笑顔を解消し、俺もホッと胸を撫《な》で下ろす中、水無瀬もまたどこか安心した様子で、続ける。

「私、水無瀬流南は本日、これから基本数学の勉強をしておりますので、何かあれば声をおかけ下さい。では」

『そこの謝罪⁉』

全員が唖然《あぜん》とする中、水無瀬は「義理は果たした」と言わんばかりに勉強を再開させる。

……彼女のあまりの態度に、恐る恐る知弦さんの様子を窺《うかが》うと……。

「……ふ、ふふ……」

ああっ、なんかもう色々通り越《こ》してよく分からない不気味な笑みを浮かべていらっしゃる！　やばい、とにかくフォローしないと！

「い、いや、ほら、水無瀬は元々こういうヤツですから！　ね？　会長？」

「え、あ、う、うん。まあ確かにそうだった気がするね、うん」

会長と二人、ぎこちない笑みを交《か》わし合う。俺は更にフォローを続けた。

「だ、大丈夫《だいじょうぶ》です！　他のメンバーはもっとこう、他人に興味あるというか……お、オープンですから、ええ！」

俺の必死の言葉に、知弦さんがようやく体から力を抜《ぬ》いて応じてくれる。

「まあそうよね。優良枠《わく》は別として、基本は全校生徒に人気投票で選ばれる子達だものね。服装や人柄《ひとがら》はちゃんとしていて当然よね。優良枠は別として」

「え、ええ……」

ちくちくと水無瀬や去年の俺を攻撃《こうげき》している件は気になるが、知弦さんが俺と会話を交わしてくれるようになっただけで大進歩だ。

俺は更に畳《たた》みかけようと言葉を続ける。

「そこは安心してくれていいです！ 他のメンバーは基本、ビジュアルがきちんとしているのは勿論《もちろん》、生徒会活動にも積極的で健全なヤツらばかり——」

そう言いかけた刹那《せつな》。ガラガラと扉《とびら》が開き、そして——

「ちぃーっす。書記・日守東子、ピク○ブでショタエロ画像漁《あさ》ってたら遅れましたー」

マスクとカツラ姿の超絶怪《ちょうぜつあや》しい人物が最低の遅刻理由を告げながら入室してきた。

「どんだけ空気読めないんだてめぇはぁあっ、ああん!?」

最悪のタイミングで現れたマスク女に勢い良く駆《か》け寄って胸《むな》ぐらを摑《つか》む俺。彼女は「ああん？」と俺を睨み返すと、更に俺の胸ぐらまで摑み返してきた。

「はぁ？　アンタなにいきなりケンカ売ってきてんの？　降魔剣《クリムゾン》で焼き斬《き》るぞコラ」

「うっせ、てめぇこそ堂々としょーもない理由で遅刻《ちこく》してんじゃねぇよ、ああん？」

「はぁ？　来てやってるだけありがたいと思えっつーの。スギサキ、アンタ最近なんか調子乗ってんじゃないの？　アタシのカレシ気取りで束縛《そくばく》とか、きもいんですけどー」

「は？　誰がカレシ気取ってるって？　俺、お前に関しては基本、カレシより保護者の気持ちで接してるっつーんだよ、バーカバーカ」

「は？　アタシバカじゃないしー。ヨユーで九九出来るしー」

「その基準が既《すで》にバカじゃねぇかよ！　いや、もう、そうじゃなくて、今日はお客さん来るって話してたろーが！　それを堂々と遅刻しやがって……」

「客ぅ？　ああ、どうせまた風見《かざみ》あたりが取材に来てるだけなんで……」

言いながら、日守はひょいと俺を避《よ》けて室内に一歩踏《ふ》み込む。

すると……会長と知弦さんが、どこか気まずそうにぺこりと一礼した。

瞬間《しゅんかん》。

「あ……。…………。…………ども。…………日守です」

今までのテンションはどこにいったのか、借りて来たネコのように大人しくなる日守。

俺はニヤニヤしながら声をかけてやった。

「なに人見知りしてんだよ」

途端《とたん》、日守は耳を赤くしながら俺を振り返って睨み付けてくる。

「べ、べべ、別に人見知りとかしてないしっ！　虎《とら》の威《い》を借る狐《きつね》だしっ！」

「驚《おどろ》く程スムーズにことわざを誤用してんじゃねーよ。ほら、緊張《きんちょう》してないでちゃんと挨《あい》拶《さつ》しろや。先輩だぞ」

「う……うっさい！　知るかボケ！」

「あ、おい」

日守は俺を振り切ると、ずんずんと足音を鳴らして歩き、そしてなぜか知弦さんの横に立ち止まって彼女を睨み付ける様に見下ろした。……あ、そういや日守のヤツ、前生徒会のメンバーが全員嫌《きら》いだとか前言ってたような……。

そう俺が思い出した頃《ころ》には、時既に遅《おそ》し。

日守が知弦さんへと、吐《は》き捨てるように言葉をぶつける。

「……そこ、今はアタシの席なんですけど」

「え？」

ぽかんとする知弦さん。しまったっ、と全身に緊張を走らせる俺。

そう、実は会長も知弦さんも、長年の癖《くせ》なのか、OB用見学席を壁際《かべぎわ》に用意していたにもかかわらず、それぞれ会長席と書記席に座ってしまっていたのだ。ただ、さっきまでのギスギスした状況《じょうきょう》で、俺からそのツッコミを入れるタイミングも勇気も中々無く……結果、ずるずるとその席配置のままここまで来ていたのだが、まさか、こんな最悪の切り出し方になろうとは……。

会長が「あ、私もそうだよね！」と慌《あわ》てて席を外そうとする中、知弦さんは日守を見上げ、にこっと笑った。

「あらごめんなさいね。『私の席』を貴女が使っているなんて、知らなかったから」

「な……」

知弦さんの切り返しに対し、露骨《ろこつ》に苛立《いらだ》った様子を見せる日守。俺や会長がフォローを入れる間もなく、こちらはこちらで言い返す。

「ああ、どうりでこの生徒会で一番椅子《いす》の消耗《しょうもう》が激しかったわけですね」

「……どういう意味かしら？」

「いいえぇ、べっつにぃ？　ただこの椅子の消耗的に、去年一年間は生徒会で一番体重の重い人が使っていたんだろうなーとか、日頃《ひごろ》から思っていたものでー」

「…………」

ああっ、知弦さんの持っていたシャープペンから、パキンッという乾《かわ》いた音が！

二人がバチバチと火花を散らす中、そそっと俺の傍《そば》に寄ってきた会長が少し泣きそうな瞳《ひとみ》で俺を見上げる。

「うぅ、杉崎ぃ……」

「会長……。……すいません、励《はげ》ましたいところなんですが、俺も今、泣きそうッス」

おかしいな。新旧生徒会揃《そろ》い踏《ぶ》みという企画《きかく》段階では、物凄《ものすご》く和気藹々《あいあい》と楽しそうなイメージだったんだけどな。いざこうなってみると……なんかむしろこっちの方が自然な成り行きな気がして、逆に落ち込むわ！

会長もそうだったのか、しょんぼりした様子で口を開く。

「ごめんね、杉崎……」

「え⁉　なんで会長が謝ってるんですか⁉」

心底意味が分からなかったので驚いていると、会長は元気の無い様子で切り出してきた。

「この企画、そもそもは私が言い出したものだし……」

「いや、俺も西園寺も——現会長もノリノリだったたし、深夏や真冬ちゃんも生徒会久々に見たがってたじゃないですか！　全然会長が謝ることじゃ……」

「でも……知弦はね、はじめちょっと反対してたんだ」

「え」

そんな話は初めて聞いた。思わず知弦さんを見る。書記の席から動かず、未《いま》だに日守とバチバチやりあっていた。会長もそれを複雑そうに見つめる。

「知弦、言ってたんだよ。……新生徒会の人は、私達のこと、あんまり快く思わないかもって。それで、キー君に迷惑《めいわく》かけちゃうのは、ちょっとイヤかもって」

「え……」

「で、でも、杉崎が凄《すご》く乗り気になってくれたし、じゃあ大丈夫かなって。新生徒会の人達と、私達、きっと仲良く楽しくお喋り出来そうだなって思ったんだけど……」

絶賛口論中の知弦さんと日守を見る。会長が「はぁ」と溜息《ためいき》をついた。

「もー、まったく。知弦、普段《ふだん》はもっと大人さんなんだけどなぁ……。まあでも、やっぱり、ここに来ちゃうと、ね。しょうがないよね」

「…………」

「ごめんね杉崎。もしアレだったら、私達、新生徒会の会議が終わった後に生徒会室をちょっと見学させて貰《もら》うだけで――」

「会長も」

「え」

会長の言葉を遮《さえぎ》る様に、俺は切り出す。

「会長も、そんな大人ぶらないで、いいです。ここは……そういう場所なんですから」

「杉崎……」

俺の言葉に、会長は一瞬うるっと瞳を潤《うる》ませる。そして、少しだけ俯《うつむ》いた後……今度は子供のようなふくれっ面《つら》で、俺に、駄々《だだ》をこねるかのように要求してきた。

「杉崎っ！　私、もっと楽しくて賑《にぎ》やかな生徒会がいーい！」

「了解《りょうかい》ッス、会長！」

互《たが》いに大きな声を上げる俺達に対し、喧嘩《けんか》していた二名は勿論《もちろん》、基本勉強に集中しているはずの水無瀬まで、ぱちくりと不思議そうにこちらを見つめる。

全員の視線が集まる中、俺は、ニカッと笑って声を上げる。

「じゃあ俺、今からパパッと残りのメンバー強引《ごういん》にでも回収してくるんで！　ちょっと待ってて下さい！　出来れば仲良く！　ね！」

「あ……」

俺と会長を見て何か気付いた様子の知弦さんが、そっと席を日守に譲《ゆず》るように立ち上がる。日守もまたなんだか気まずい様子で座りあぐねる中、俺はもう大丈夫《だいじょうぶ》そうだなと安心して、生徒会室を出た。

戸を閉め、さて、誰《だれ》から回収してこようかなとプランを練りつつ廊下《ろうか》を歩き出したところで、ふと、背後で戸を開け閉めする音。

振《ふ》り返ると知弦さんが俺を追って出て来ていた。もしかして日守達と生徒会室に居るのがイヤだったかなと焦《あせ》るも、どうやらそうではないらしい。

知弦さんは「キー君！」と俺に駆け寄ってくると、珍《めずら》しく余裕《よゆう》の無い顔で謝罪してきた。

「ごめんなさい！　私、つい……」

「ははっ、だから、なんで二人とも俺に謝るんスか。全然、謝る必要無いッスよ」

「でも……」

知弦さんは少し頬《ほお》を赤らめて、ふいっと視線を逸《そ》らす。

「今日の私、かなり大人げない自覚はあったから……その……」

「あー、確かに。いつもの知弦さんならもうちょっと余裕ありますよね。いくら生徒会室が懐《なつ》かしいとは言っても。どうかしましたか？」

「だ、だって……水無瀬さんも、日守さんも……その……」

急に手を後ろに組んでもじもじし始める知弦さん。

その様子に、俺が「ははーん、なるほど、これは嫉妬《しっと》かな」なんて考えていると。

知弦さんは、少し口を尖《とが》らせ……大層恥《は》ずかしそうにしながらも——ちょっと予想外の台詞《せりふ》を、告げてきた。


「二人して、キー君に冷たいんだもの……」


「え……」

それは、俺の浅ましい予想なんか、軽々と上回る——愛情に満ちた言葉で。

物凄く恥ずかしそうに顔を赤くする知弦さんを見ていると、俺もなんだかムズムズしてしまうと同時に……体にみるみる力も湧《わ》いてきて。

俺は、全力の笑顔《えがお》を、彼女に向けた。

「知弦さん、俺行ってきます！　待ってて下さいよ！　絶対——」

俺はドンと自分の胸を叩《たた》く。

「絶対、知弦さんの安心出来る生徒会を、見せつけてやりますから！」

「……ええ！」

そうして、今日一番の笑顔を見せてくれた知弦さんを背に。

俺は役員達の居る校内へと勢い良く駆《か》け出したのであった。

＊

「と張り切ってみたはいいものの……」

知弦さんが見ている廊下の角を曲がったところで、猛《もう》ダッシュの勢いを緩《ゆる》める。心意気に嘘《うそ》は一切《いっさい》ないが、具体的な役員回収プランもまた無い。

どこから手をつけたもんかと悩《なや》みつつ歩いていると、ポケットの中のケータイが震《ふる》えた。確認《かくにん》してみると真冬ちゃんからのメールで、少し前に空港について、現在学校に向かっているとのことだった。

「じゃあ玄関《げんかん》に迎《むか》えに……は流石《さすが》に早いか」

去年の卒業式なんか、俺も空港からここまでタクシー&バイクで来たけど、それでも結構かかったもんな。まだ玄関行っても……って、あ。

「まず玄関で西園寺と火神の上履《うわば》き確認してくるか」

思い立ったが吉日《きちじつ》ということで、すぐさま玄関に向かう。

そうして少し手間取りながらも火神と西園寺の下駄《げた》箱をチェックすると、両名ともまだ校内に居ることが判明した。流石に帰宅したわけではないようだなとホッと胸を撫《な》で下ろしていると――

「鍵《けん》？」「先輩《せんぱい》？」

背後から懐かしい声。驚《おどろ》きや喜び、そして少しの切なさを覚えつつ振り返ると、そこには――

「深夏、真冬ちゃん！」

「おう！」「お久しぶりですー」

碧陽学園の制服を着た、あの頃《ころ》のままの二人がそこに居た。会長と知弦さんが二人で生徒会室を訪れた時もぐっと来てしまったが、姉妹《しまい》の場合は直接会うのもあれから初めてだったため、思わず涙《なみだ》ぐみかけてしまう。

しかしそんな再会早々、二人が泣いているわけでもないのに、こちらだけそんな格好悪いところを見せるわけにもいかない。俺は出来うる限りのイケメンスマイルで二人に微笑《ほほえ》みかけ――

「ところで鍵、さっきからお前、なんで他人の下駄箱漁《あさ》ってんだよ」

「先輩はやはり、常に新しい性癖《せいへき》の開拓《かいたく》を志《こころざ》すお方でしたか……」

「そこ見てたのかよ！」

お前らここ数分ずっと俺が下駄箱の傍をうろちょろする姿を見守ってたのかよ！　そりゃ俺の感動テンションとは食い違《ちが》うでしょうね！　ずっと見てたんだもんね！

「お、俺はあくまで、現生徒会メンバーの靴《くつ》箱をチェックしてただけで……」

「なるほど、人気美少女狙《ねら》い撃《う》ちというわけだな」

「流石先輩、外道《げどう》の極《きわ》みです！」

「なんでだよ！」

深夏が笑顔でボキボキと拳《こぶし》を鳴らし始めたので、俺は慌《あわ》てて必死で弁解する。

ようやく事情が伝わり、一段落ついたところで、俺はふとあることが気になり、「ところで」と切り出した。

「二人とも、どうやってここまで？　真冬ちゃんのメール的に、てっきりあと三十分ぐらいはかかるものだと思ってたんだけど……。もしかして、あのメール出した時点でもう大分近かった？」

俺の推測に、しかし真冬ちゃんは「いえ」と首を横に振る。

「あれは空港から出しましたですよ」

「？　え？　でもあれから車で飛ばしても……」

「あ、えと……。……ま、まあ、細かいことはいいじゃないですか！」

「え、ええ？　流石にこの誤差は、細かいとかいうレベルじゃないような……」

いくらなんでも計算が大幅《おおはば》に食い違うため戸惑《とまど》っていると、ふと、深夏と真冬ちゃんが、なぜか開け放たれた玄関から外の風景を眺《なが》めていることに気がついた。？　なんだ？　校舎前が懐かしいのか？

『………』

いや……なんだ、この、二人の妙《みょう》な視線の交《か》わし合いは。――って、遂《つい》には深夏のヤツ、ぴゅーと口笛まで吹《ふ》き始めやがったぞ！　おいおい、これは流石におかし――ん？　ん？　おかしいと言えば、なんか、玄関から見える風景にも違和《いわ》感が。んー……あれ？　あんなところに、木なんか生えてたっけかな……。

俺が訝《いぶか》しんでいると、深夏が何かを誤魔化《ごまか》す様に慌てた様子でまくしたててきた。

「ち、ちげぇよお前！　別に、空港付近で突風《とっぷう》に煽《あお》られ根本から倒《たお》れた木があったりしてねぇし！　皆《みんな》困ってたりとか全然してねぇし！　動かすついでに投げて乗ったりなんかは、絶対してないからな！」

「タオパ○パイか！　お前、もしかしてタオパイ○イ手法で来て、あろうことか校舎の目の前にしれっと植林したわけじゃあるまいな⁉」

「……と、ところで鍵、銀○で好きなのはギャグ回とシリアス回、お前どっち派よ？」

「明らかに話題逸らしたよなぁ今！　凄《すご》く不自然なカタチで！」

「あ、先輩！　じゃあ可愛《かわい》い青年と渋《しぶ》いナイスミドルならどちらが好きですか？」

「その質問は選択肢《せんたくし》からして既《すで》におかしくね⁉」

「あ、分かりやすく言うと、ウェ○バーと衛○切嗣ならどっちがという話なんですが」

「いや、だから、そういうことでもなくてね……」

「あ、確かに切嗣はナイスミドルというには意外と若いですもんね。しかしそのどちらも好みじゃないとなると……は！　やはり先輩は征服《せいふく》王が好みということで――」

「だったらまだウェイ○ーがいいよ！………って、ハッ」

なんか真冬ちゃんが物凄《ものすご》くときめいた顔をしていた。くっ……なんという理不尽《りふじん》！　どの答えを選んでも結局は真冬ちゃんの勝ちだった気がする！　そして今の回答は俺と中目黒《なかめぐろ》カップリングに対する何らかの加点要素だった気がする！

俺は姉妹《しまい》の相変わらずさに思わず溜息《ためいき》をつくも……しかし次第《しだい》にお腹《なか》の底から笑いが込み上げてきてしまって、思わずくつくつと笑う。そんな俺の様子に、姉妹も釣《つ》られた様に笑いだし、しばし互《たが》いに笑い合ったところで、俺は「さて」と切り出した。

「さっきも説明したように、俺は今、現生徒会メンバーの残りを探してんだけど……どうする？　二人は先に生徒会室行って待ってる？　それとも……」

質問の途中《とちゆう》で、深夏が呆《あき》れた様子で息を吐《は》く。真冬ちゃんも、くすくすと笑っていた。

「んなの、あたしらが答えるまでもないだろ？」

「ですです。折角の……ネットを通じてじゃなくて、リアルに、先輩と一緒《いっしょ》に歩ける機会ですよ？　いくら不精《ぶしょう》の真冬でも、答えは決まりきってます」

そんなことを言いながら、二人は俺の両脇《りょうわき》に寄り添《そ》い、それぞれに腕《うで》を組んでくる。深夏は少し強引《ごういん》に。真冬ちゃんはそっと優《やさ》しく。

そうして、戸惑う俺を挟《はさ》んで二人はくすっと顔を見合わせ。

二人一緒に声を合わせて答えてきた。

『ついて行くに決まってます！（るぜ！）』

「……まったく、二人とも、なかなか俺に主導権はくれないよなぁ、ホント」

ハーレム王を宣言している俺の方が恥ずかしくなるって、どういうことだよ、まったく。

　両手に華《はな》と言えば聞こえはいいが、片方はぐいぐい引っ張って痛いわ、もう片方はそぉっと過ぎて触《ふ》れてるのか触れてないのかよく分からない距離《きょり》だわで……思ったほど天国では無い。

　しかし……それでも。

「ほらほら、行くぜ、鍵！」

「先輩、行きますよ！」

「…………おう！」

　俺達は最高に幸せな気分で、現生徒会メンバーの捜索《そうさく》を再開したのであった。

＊

　姉妹と再会して約二分後。廊下《ろうか》でばったりと出くわすカタチで、西園寺を発見した。

「（あ、鍵さん！　お疲《つか》れ様です！　生徒会遅《おく》れてしまって申し訳ありません！）」

「おー、お疲れ、西園寺。遅刻《ちこく》の件なら気にすんな。お前に関しては、むしろこの手のイベントに遅れる方が予定通りだ。普通《ふつう》に参加出来てたら逆に不吉《ふきつ》だわ」

「（それは良かったですが……かなり複雑な気分でございます）」

「ところで、流石に声がこもって聞き取り辛《づら》いから、もうちょっと張ってくれるか？」

「了解《りょうかい》です。あ、そちらにいらっしゃるのが元生徒会役員の方々でしょうか？」

『…………』

「初めまして。こんな体勢で失礼致《いた》します。わたし、この碧陽学園で生徒会をやらせて頂いております、西園寺つくしと申します。本日は折角お越《こ》し頂いているにもかかわらず、会長自らが会議への遅刻をするという失態、誠《まこと》に申し訳ございませんでした。まだまだ尻《しり》の青い若輩者《じゃくはいもの》ではございますが、今後ともご指導ご鞭撻《べんたつ》の程《ほど》よろしくお願い致します」

『…………』

西園寺が丁寧《ていねい》に挨拶《あいさつ》をしているにもかかわらず、姉妹は二人ともそれに返す素振《そぶ》りも無い。ただただボンヤリと……いや、あんぐりと、西園寺を見つめるのみ。

「おい、深夏、真冬ちゃん。これが西園寺。現生徒会長。ＯＫ？」

『…………』

俺の問い掛《か》けにさえ答えない。そうして、二人はゆっくりと俺の方を振《ふ》り向くと、二人して西園寺を指差したまま、ぱくぱくと口を動かした。声が出ていなかったが、まあ、言いたいことは分からないでもない。

しかし俺は、極《きわ》めていつも通りに返した。

「ああ、それなら気にするな。大体、いつものことだ。なぁ、西園寺？」

「？　ああ、これですか。そうですね。大体いつものことでございますね。というか、むしろ今日はまだいい方です」

「だよな」

俺は頷《うなず》いて、姉妹に微笑みかける。

「そんなわけで、まあこれに関しては気にせず――」

「き、気にせずって、お前！」

突如《とつじょ》深夏が声を張り上げる。そして、西園寺の方と俺を交互《こうご》に見ながら、次の瞬間《しゅんかん》には全力で――ツッコンできた。

「なんでこの子、巨大《きょだい》な球体の中に閉じ込められてんだよ！」

「あー……」

深夏の指摘《してき》を受け、西園寺を観察する。まあ確かに……閉じ込められてるな。透明《とうめい》なビニールで出来た、巨大なバレーボールみたいなものの中に。中で歩くことによって球体を転がし移動出来るようだが、あまり上手《うま》くはいっていないらしい。……ふむ。

俺の淡泊《たんぱく》な反応に、真冬ちゃんまで珍《めずら》しく声を荒《あら》らげる。

「どうしてその程度のリアクションなのですか先輩《せんぱい》！　いやおかしいですよねぇ⁉　校内でこんな謎《なぞ》の巨大透明《とうめい》球体に包まれつつ移動している生徒、おかしいですよねぇ⁉」

「……そう？　そうかなぁ……うーん……。あ、ちょっと、そこのキミ！」

「はい？」

通りすがりの男子生徒を捕《つか》まえて、巨大な球体の中の西園寺を指して訊《たず》ねてみる。

「これ、なんかおかしいか？」

「へ？　あー、どうせまた西園寺会長ですよね？　だったらいつも通りじゃないですか」

「だよな。サンキュ」

「はい、どういたしまして。じゃボク部活ありますんで」

そう言って大したリアクションもせず、淡泊に去って行く一般《いっぱん》生徒。椎名姉妹はそれを唖然《あぜん》とした様子で見守った後……二人同時に、叫《さけ》んだ。

『碧陽学園の様子がおかしい⁉』

「いや基本ずっとおかしいだろ、碧陽学園の様子は」

「でございますよね」

西園寺と二人、何を今更《いまさら》というテンションで応じる。しかし椎名姉妹《しまい》は引かなかった。

「いやいやいやいや、去年は流石《さすが》にコレを日常風景とかいう価値観じゃなかったろう！」

「ですです！　それがどうしてたった数ヶ月で、こんなことになるのですか！」

「どうしてって言われても……なぁ？」

「言われましても……ねぇ？」

西園寺と二人、困りながら視線を合わせる。

「日常風景の原因を訊ねられてもな……。じゃあ……あー、西園寺、それなに？」

「これでございますか？　これは、ニュージーランド発祥《はっしょう》のゾー○というアクティビティを、クラスメイトの巽《たつみ》さんが真似《まね》て作ったモノですね」

「だそうだ」

『そういうこと訊《き》きたいわけじゃないんだけど！（ですけど！）』

姉妹がツッコンでくる。イマイチ何をぎゃーぎゃー言っているのかピンと来ないでいると、深夏が「もういい……確かに碧陽の価値観って流動的だよな……」と妙に達観した様子で溜息をついた。真冬ちゃんも同様のテンションだ。

二人が落ち着いたので、俺は球体に手を置きながら西園寺に訊ねる。

「で、どうせ出られないんだろう？　そして意図しない方へ転がるんだろう？」

「当然です。だってわたしでございますよ？」

「だよな」

『なんだそのやりとり！』

また姉妹がツッコンで来ていた。いちいち五月蠅《うるさ》いなぁ。そんなにツッコミ属性だったか、二人共。転校先でツッコム機会が増えでもしたのだろうか。

彼女達は置いておき、俺はビニール状の球体をいじってみるが、開く様子が無い。一応、出入り口になるような丸い部分は見つけたのだが……。

「どうせアレだろ。なんかうまいこと壊《こわ》れたんだろ、出入り口」

「ご明察でございます。巽さん曰《いわ》く『基本壊れないはずにゃ！』らしいのですが、その説明を受けた三秒後には出入り口が壊れました」

「あの天才、巽の予測をも軽く凌駕《りょうが》するとは……。巽、ショック受けてたか？」

「いえ、むしろ物凄く嬉《うれ》しそうでございました。『やはり碧陽は最高にゃー！』と興奮し、どこかへ走り去ってしまいました。……わたしを放置して」

「そんなこったろうな」

まあそんな雑談はさておき。ふむ、しかし基本壊れないか……。ぶよぶよしたビニール的素材だが、それが故《ゆえ》にむしろ耐衝撃性《たいしょうげき》がハンパなさそうだ。試《ため》しに近くの教室から借りて来たカッターの歯を立ててみるも、それさえもポヨンと撥《は》ね返される。

「巽さん曰く、『対斬○剣《けん》テストでも傷一つつかなかったにゃ！』らしいです」

「こんにゃくでも練り込んだのかよ……」

耐衝撃性抜群《ばつぐん》な上に刃物《はもの》さえ無効って……おいおい、スタンド能力のスパ○ス・ガールも真っ青じゃねえかよ。

仕方無い。異常には異常だ。ゲストの手を早速煩《さっそくわずら》わせるのも気が進まないが……。

俺は背後でぼんやりと成り行きを見守っていた姉妹の方を振り向く。

「おい深夏。この球、全力で殴《なぐ》ってみてくれよ」

「え!?　いやお前、流石にそんなことしたら……」

自分の拳《こぶし》と、球体の中の大和撫子《やまとなでしこ》少女を見比べて、戸惑《とまど》った様子を見せる深夏。

西園寺もまた、少し動揺《どうよう》した様子を見せていた。

「そうでございますよ、何をおっしゃっているのですか、鍵さん。彼女の様な可憐《かれん》な女生徒に、その様な野蛮《やばん》なこと……。お手を傷《いた》めてしまっては大変ではございませんか！」

『へ？』

「？」

俺達と、西園寺の視線が交わる。……あ、そうか、西園寺は深夏のこと知らないのか。

姉妹が西園寺の性質を知らないように、西園寺もまた去年の「常識」を知らない。

互《たが》いに状況《じょうきょう》が呑み込めていないようだが、説明するより実行した方が遥《はる》かに早いだろうと、俺は深夏を促《うなが》した。

「いいから、全力で殴って大丈夫《だいじょうぶ》だ。西園寺なら心配無い。巽のことならお前も知っているだろう？　あいつが作った新素材なら、お前の全力でも絶対中は大丈夫だって」

「そりゃ、そうかもだけど……」

「西園寺も。深夏の手のことなら心配しなくていい。こいつはプロだから」

「プロ？　はぁ……もしや拳闘《けんとう》でも嗜《たしな》まれておられるので？」

「まあ、そんなところだ。っつーわけで、深夏、頼《たの》むよ」

「おう……まあ、お前がそこまで言うなら」

少し怪訝《けげん》そうにしながらも、俺の自信に満ちた様子に折れて深夏が一歩前に出る。

真冬ちゃんが不安そうに見守る中、深夏はぐっと右拳を腰《こし》の下で引いて構えた。

「うっしゃ、じゃあ受け身の準備はいいか？　えーと、西園寺」

「受け身？　いえ、わたしの場合は何もせずとも……。むしろ椎名様こそ、ご武運を」

互いに若干《じゃっかん》ずれたやりとりを交《か》わし、深夏が拳に力を込《こ》め始める。

そして。

「あたしのこの手が真っ赤に燃えるぅぅう！　勝利を掴《つか》めと轟《とどろ》き叫ぶぅぅう！」

「ええ!?　ちょ、み、深夏様!?　こ、ここ、拳が燃えておられ……」

「ゴッド、フィンg……ナックルゥウウウウウウウウウウウウウウ！」

「今何か技名に気を遣《つか》われまし――」

西園寺が驚《おどろ》ききる間もなく、球体が光速ですっ飛んで行く。それは廊下《ろうか》の壁《かべ》にぶつかると、変な角度で反射して――

『あ』

全員がそう声を上げた時には遅《おそ》かった。西園寺ボールはバウンドし、廊下を折れ曲がり、校内全域を乱反射し始める！　どこか遠くから、「ドムドムドムドム！」と跳ねる音だけが俺達の耳に響《ひび》き渡《わた》る。真冬ちゃんが焦《あせ》った様子で俺の袖《そで》を掴む。

「ちょ、先輩!?　あれ一般生徒に当たったら大変では――」

「ああ、大丈夫だよ。だって深夏と西園寺だぜ？」

「どういう理屈《りくつ》ですかそれは！」

「だから、深夏の力って基本『痛いけど怪我《けが》しない』ギャグパワーだし、西園寺は……」

「西園寺さんは？」

そんなやりとりを交わしていると、ドムドムという音が大きくなってきた。どうやら近付いてきているようだ。俺は深夏に指示を出す。

「よし、跳ね返ってきたら……深夏！」

「おう！　あたしが受け止めてやりゃい——」

「トドメだ！」

『トドメ⁉』

姉妹《しまい》が戸惑うも、俺は指示を変更《へんこう》しない。そうこうしている間にも、廊下の奥から校内を一周してきたらしい西園寺ボールが現れる。中の西園寺は……。

「きゅう……」

「おい鍵！　なんか目がぐるぐるしてっけど彼女！　大丈夫なんだろうな⁉」

「大丈夫だから、とにかく……トドメだ深夏！」

いよいよ目の前まで向かってきたボールに向かって叫ぶ。深夏は覚悟《かくご》を決めた様子で構えた。

「ええい、しゃーねえ！　いくぜ、うおりゃぁあああああああああ！」

超絶《ちょうぜつ》な勢いがついた西園寺ボールに、深夏の渾身《こんしん》の手刀が炸裂《さくれつ》する！

刹那《せつな》。

〈パァンッ！〉

爽快《そうかい》な破裂《はれつ》音と共に、球体が割れた。そして──

「あ、危ねぇ！」

深夏が叫ぶ。見れば、目を回した西園寺が空中に放《ほう》り出され、今にも廊下へと落下しかけていた。手刀に力を込めすぎて咄嗟《とっさ》に動けないらしい深夏に代わり、俺が西園寺のキャッチに向かいつつ応じる。

「いや大丈夫だ！　どうせ最終的には──」

西園寺の着地点に回り込み、抱《だ》きとめる体勢をとる俺。しかし西園寺は空中で無駄《むだ》にぐるりと回転し、俺にぶつかり、結果──

「むぎゅ」

ばたんと仰向《あおむ》けに倒《たお》れ伏《ふ》す俺の顔の上に、お尻《しり》から着地した。やーらかい。……スカートの中って、ちょっとした炬燵《こたつ》的な温《ぬく》もりがあるんだな……うん。

「な……なんだこの『T〇LOVEる』的着地！」

「現実でこんな光景がありうるなんて！」

あまりの衝撃映像に姉妹が驚いている様だ。見えないけど。

もぞもぞと顔を動かすと西園寺が「ひゃん！」と声を上げ、一息で俺の頭の上から避《よ》ける。……ちっ、一瞬《いっしゅん》で離《はな》れられたせいで、むしろ中身が見れなかった！　無念！　しかしこの感触《かんしょく》は末永く我が心の家宝とさせて頂こう！

ゆっくりと起き上がると、西園寺が少し顔を赤らめながらも、深夏をしげしげと見つめて茫然《ぼうぜん》としていた。姉妹も同様に、俺と西園寺の惨状《さんじょう》に唖然《あぜん》としている。……ふむ。

俺は自分と西園寺にまったく怪我がないことを確認《かくにん》すると……三人に向かって、「な？」と笑顔《えがお》を向ける。

「つまりは、こういうことなんだよ」

『………』

俺の、実演を伴《ともな》った、深夏と西園寺、互いの性質に関する物凄《ものすご》く分かりやすい説明に。

姉妹と西園寺は三人で顔を見合わせ……そして、次の瞬間、全力の反応を見せた。

『まったく分からないけど⁉（ですけど⁉）（でございますが⁉）』

「あれ？」

どうやらこいつらの異常性質は、俺が思っている以上に飲み込み辛いらしかった。

＊

「改めまして、わたし、西園寺つくしと申します。以後お見知りおきを頂ければ幸いです」

「こ、こりゃどうも」「よろしくです」

球体から解放された西園寺と姉妹が頭を下げ、改めて自己紹介《しょうかい》し合う。そんな光景をしばしぼんやりと眺《なが》めた後、会話が途《と》切《ぎ》れたところで、俺は「さて」と切り出した。

「これで後は火神だけなんだけど……」

アイツの場合はマジで行動の予測がつかない。こりゃ校内をしらみつぶしに探すしかないかなと考えていると、西園寺が不思議そうな顔で俺を見つめてきた。

「え？　鍵さん、北斗さんを探しておられるのですか？」

「ん？　なんだ西園寺、もしかして火神の居場所知っているのか？」

「知っていると言いますか……」

微妙《びみょう》な表情をしながら、西園寺が視線を宙に彷徨《さまよ》わせる。意味が分からず俺も姉妹も戸惑っていると、西園寺は一人、得心がいったように頷《うなず》き、更《さら》には妙《みょう》な独り言まで呟《つぶや》き始めた。

「あー……わたしは球体の中で変な体勢でしたから、視界が丁度……って、あ、え？　黙《だま》ってた方がいいですか？　いや、でも、もう北斗さんだけみたいですし、そろそろ出た方がよろしいのでは？　生徒会始まりませんし……」

「さ、西園寺？　なんだ？　誰《だれ》と喋《しゃべ》ってる？」

急に宙を見上げたままで謎《なぞ》会話を始めた西園寺に、俺達三人が動揺する。姉妹が視線で「この子、不思議ちゃん？」的な疑問を投げかけてきたため、俺はぶるんぶるんと首を横に振《ふ》って否定するも……しかし、俺でもこの西園寺の奇行《きこう》の意味は分からなかった。

俺達が若干怯《おび》えていると、それに気がついた様子の西園寺が、もう一度あさっての方向を見て確認をとった。

「すいません、流石《さすが》にもう言ってしまいますよ？」

「西園寺？　だからお前、さっきから一体何と交信を……まさか笑いの神――」

「いえ、神は神でも、笑いの神ではなくて――」

言いながら、西園寺が俺の背後の――天井《てんじょう》を指差す。俺と姉妹は意味も分からず、ただただ彼女が指し示す方に視線をやり、そして――

「――天井から顔だけ覗《のぞ》かせている、火神北斗さんと喋っていただけでして」

――その言葉通り、天井の一部分からにゅっと顔だけ覗かせていた少女……火神北斗と、目が合った。

『ぎゃあああああああああああああああああああああ!?』

あまりのホラー的ビジュアルに、三人揃《そろ》って悲鳴を上げる!

天井裏の暗闇《くらやみ》の中からぼやんと顔だけ出した少女は、俺と視線が合うと不気味な程《ほど》にニヤッと笑い、そして——

『!?』

にゅるんと器用に天井板の隙間《すきま》から這《は》い出すと、最後にはくるっと一回転して見事に廊下へと着地した。唖然とする俺達の目の前で、火神はぺろっと舌を出して「すいませーん」と照れ笑いを見せた。その表情に姉妹が「あ、意外と親しみやすそう」等と少し安心した様な表情を覗かせたところで、火神は笑顔のまま、言葉を続ける。

「旧生徒会メンバー達を単独行動時に各個撃破《げきは》してやろうと付け狙《ねら》っていたら、ついついこんな時間の登場になっちゃったッス!」

『笑顔で急に何言い出した!?』

姉妹が愕然《がくぜん》とする中——俺と西園寺は少し溜息《ためいき》をつくのみ。そうして俺は、火神の肩《かた》にぽんと手を置いて、厳しく睨《にら》む。

「こらっ、火神」

「うぅ……センパイ？」

火神が俺を不安げに見上げ、姉妹が「言ったれ！」という空気を出しながら腕《うで》を組んで事を見守る中。俺は、ガツンと言ってやった！

「会議に遅《おく》れちゃ、駄目《だめ》だろ！」

『そこ⁉』

姉妹が驚愕《きょうがく》する中、火神は「すんません……」と落ち込み、俺は「まったく」と更に彼女を叱《しか》る。

「いくらキャラ通りの行動とはいえ……会議開始から約四〇ページも喋らないで俺の傍《そば》にいるなんて、生徒会役員としてはあるまじき行為《こうい》だぞ、火神！」

『それ以前に人間としてあるまじき行為があった気がするけど！（しますが！）』

「まあ……今日ずっと天井裏から行ってきたのであろう、ストーキングや盗聴盗撮《とうちょうとうさつ》、及《およ》び暗殺未遂《みすい》に関しては、いつものことだから不問に付すけど」

『まさかの殺せ〇せーばりに寛大《かんだい》な処置！』

姉妹が「碧陽はいつから暗殺学園になったんだ」と言わんばかりの、不信感に充ち満《み》ちた顔をしていた。……まあ気持ちは分かるけど、火神のその辺は怒《おこ》っても揺《ゆ》らがないからな……別件で注意した方が効果的なんだよ。実際。

実際火神はしょんぼりした様子で「すいませんでしたッス……」と反省の色を見せた。

よし、これなら大丈夫《だいじょうぶ》そうだな。

そう判断した俺は、彼女に自己紹介を促《うなが》す。普段《ふだん》ならば「センパイに色目使う女なんて」という態度の火神も、今ばかりは素直《すなお》にそれに応じた。

仏頂面《ぶっちょうづら》で姉妹《しまい》の前に出る火神。姉妹も一瞬顔を見合わせた後、しかし相手が歩み寄ってくれるならという寛大な態度で、それを笑顔で受け入れ——

「火神北斗でっす。会計でーす。カガミのセンパイにすり寄るムシケラはガンガン駆除《くじょ》する方針でやっていますので、今後ともよろしくでーす」

『よろしくしたくないっ！』

「せんぱぁい。旧生徒会の方々って、なんかちょーカンジ悪いッスねー」

『どっちがだよ！（ですか！）』

姉妹が愕然とした様子で叫《さけ》ぶ。

ま、まあ、なにはともあれ。

こうしてようやく、新旧生徒会メンバー全員の回収に成功したのだった。

＊

「皆《みな》さん、ようこそお集まり頂きました。まずは、わたし共の不手際《ふてぎわ》により開始時刻が遅れてしまったことをお詫《わ》びさせて下さい。本当に申し訳ありませんでした。しかしっ、その分、この会議を生徒会ＯＢ様にとっても素晴らしい一時とさせ——うにゃにゃ!?」

西園寺がいつものように張り切るも、ここぞという場面で軽い不運に見舞《みま》われていた。

今回の不運は。

開け放した窓から飛び込んで来た鷹《たか》に襟首《えりくび》摑《つか》まれて攫《さら》われかけるというものだ。流石に窓から再び出ていく際に西園寺が窓枠《まどわく》につっかえたおかげで、鷹は少し名残惜《なごりお》しそうにしながらも、西園寺を諦《あきら》めて単体で去って行く。

驚愕の光景に旧生徒会の面々が「!?」と目をひんむく中、窓際《まどぎわ》にくたりとへたりこんでいた西園寺が立ち上がり、咳払《せきばら》いをしつつ一言。

「そんなわけで、今日は皆さんと和《なご》やかに、穏《おだ》やかに過ごせたらと思います」

『既《す》に穏やかじゃないですよねぇ!?』

旧生徒会メンバーが全員で声を揃えてツッコムも、しかし西園寺はふいっと視線を逸《そ》らしながら一言。

「わたしには、なんのことやら」

『いやいやいやいやいやいやいや!』

とぼける西園寺。それを受けて、会長(今日は桜野くりむのことを指す)が俺達新生徒会の面々に同意を求めてきた。

「今のどう考えてもおかしいよねぇ!? っていうか事件だよ! 大人呼ばないと!」

「いや、それは、そうなんですが……」

俺が歯切れ悪く返すと、案の定新生徒会の面々も「……ねえ?」みたいな顔で俺の方を見ていた。事情の分かっていない会長が更に憤慨《ふんがい》する。

「なんか薄情《はくじょう》だね新生徒会の皆《みんな》! と、とにかく、西園寺さんを早く保健室に——」

「あ、くりむさん。わたしのことは『つくし』でよろしいですよ」

「今このタイミングで!? っていうか、西園——つくしも、なにのほほんとした顔してんのさ! まるで何事も無かったかのように!」

「はて? 何かございましたっけ?」

「えぇ⁉　アレをイベントとカウントしないの⁉　どんな基準なのよ新生徒会！」

「あ、鷹さんのことでしたら、いつものことなのでお気になさらず」

「いつものことなの⁉　余計気になるよ！」

「ま、まあまあ、会長さん」

会長が西園寺に振り回されてるのを、深夏が宥《なだ》める。

「確かにつくしは……そういうヤツなんだろうさ」

「そういうヤツって？　キャラ説明に『よく鷹に襲《おそ》われる』とかって書かれてる子なの？」

納得《なっとく》のいかない会長に、今度は真冬ちゃんが困り顔で応じた。

「なんと説明したらいいのか分からないですけど……真冬達、その手のイベント見るの今日二回目なんで、少し分かってきたといいますか……」

「二回目⁉　鷹さんに襲われるの、今日だけでも二回目なの⁉」

「あ、いえ、もう一回は鷹さんじゃなくて、巨大《きょだい》な球体に閉じ込められていたのですが」

「えええええ⁉」

会長が驚愕し、姉妹が若干面倒《じゃっかんめんどう》そうな顔で俺の方を見る。

「鍵……なんとなくだけど、お前達のその今更驚《いまさらおどろ》かない姿勢、理解出来てきたわ……」

「だろ？」

「はいです。この頻度《ひんど》は、確かにイチイチ驚いていたら身が持たないです……」

「分かってくれるか……」

姉妹の同情に、新生徒会一同全員で深ぁく溜息をつく。会長は未《いま》だ納得いっていない様子だったが、知弦さんはなんとなく得心がいったらしく、大人な態度で会長を宥める。

「まあまあアカちゃん。とにかく西園寺さんに怪我《けが》とかは無いみたいだし、いいじゃないの。ね？」

「う、うん……。知弦がそう言うなら」

渋々《しぶしぶ》といった様子で座り直す会長と、優《やさ》しい目をする知弦さん。俺はなんだかとても懐《なつ》かしいその光景に、ついほっこりと和む。

あ、折角だし、ここで現在の席配置を説明しておくと。

基本的には、長机を挟《はさ》んで「新生徒会側」と「旧生徒会側」に分かれるというカタチになっている。当初は新生徒会がいつも通り会議するところを、旧生徒会が壁《かべ》側に座って見守るという企画《きかく》だったのだが。西園寺が「皆さんも是非《ぜひ》会議に参加して下さい！」とか言いだし、こんなことになっている。

ちなみに細かい個人の位置としては。

俺はいつもの副会長席に座り、その右側にずらりと新生徒会三人……火神・日守・水無瀬の順で並んでいる。

反対側も同様で、俺の目の前には会長。その隣《となり》に、知弦さん・深夏・真冬ちゃんの順で並ぶ。西園寺だけは勿論《もちろん》、上座の会長席。

このような状況《じょうきょう》のため、横幅《よこはば》は当然ぎゅうぎゅうだ。隣とは肘《ひじ》が触《ふ》れるぐらいの距離《きょり》になってしまうのだが——

「ところで」

知弦さんがにこっと笑顔《えがお》を——今の今まで会長に向けていたのとは全く別種の笑顔を浮《う》かべつつ、俺を見つめて（睨んで）きた。

「どうして、その子はさっきからキー君にベタベタくっついているのかしら？」

指摘《してき》されて、俺は汗《あせ》を滲《にじ》ませながら右隣を見やる。

「えへッス★」

当然の様に、火神がくっついていた。ぶりぶりとした上目遣《うわめづか》いで俺を見上げてきている。

……わざとだ。普段から俺にくっついてくるヤツではあるが、今日のこの徹底《てってい》ぶりは、絶対わざとだ。旧生徒会に先制攻撃《こうげき》仕掛《しか》けてやがる。

俺達新生徒会の面々はそんな彼女の性格を重々承知しているが、しかし、初対面の知弦さんにそれが分かるはずもない。実際火神のヤツ、一見する分には俺に本気で懐いている可愛《かわい》い後輩《こうはい》だしな……。

少し苛立《いらだ》った様子の旧生徒会役員を満足げに眺《なが》めつつ、火神は更《さら》にすり寄ってきた。

「ねぇ、せんぱぁい。こんなしょーもないおばさん達との会議早く終わらせてぇ、二人きりでいいことしましょうよぉ。いつもみたいにぃ。ねぇ？」

「か、火神てめぇ……！」

コイツ、すっかりラスボスモード入ってやがる！　俺の敵時代の「他人の心を自由自在にかき乱すスキル」をバリバリ使用してきてやがる！　しかもコイツは演技スキルもまた一流。本性《ほんしょう》を知る人間が見なければ、ただただ、本気で俺にデレデレの後輩にしか見えないわけで。く、卓越《たくえつ》した暗殺スキルや尾行《びこう》スキルも含《ふく》め、どこの安心○さんフォロワーだよてめぇは！

「……ふ、ふふ」

「（あぁっ！　怒れば怒るほど笑顔になるハズの知弦さんの額に、露骨《ろこつ》な怒《いか》りマークが！）」

知弦さんの怒りが明らかに限界突破《とっぱ》していた。事前に水無瀬や日守とバチバチやりあっていたことや、直前に西園寺の常識じゃ計り知れないイベント経験したせいで、心に余裕《よゆう》が無くなっていたのかもしれない！　どんだけ知弦さんと相性悪いんだよ、新生徒会！

理性が飛びかけている知弦さんに代わり、火神に対して既に幾分耐性《いくぶんたいせい》のついていた深夏が、表情をひきつらせながらも俺に訊《たず》ねてくる。

「えーと、鍵？　お前とその子の関係って、実際どういう……」

「あ、ああ、火神と俺はな、なんつーか、その、喩《たと》えるなら……」

俺がなんと説明したものかと言い淀《よど》んでいると、代わる様に火神がぐいっと身を前に乗り出して、笑顔で答えた。

「令呪《れいじゅ》無制限のマスターとサーヴァントってとこッスかね！」

「なんつう理不尽《りふじん》な主従関係！」

深夏が愕然《がくぜん》としていた。すぐに否定しようとするも、いや、案外遠くない気がするという事実に、俺もまた愕然とする。

真冬ちゃんが蔑《さげす》むような目で俺を見つめてきた。

「先輩……真冬よりも年下の女の子に、そこまで尻《しり》に敷《し》かれるなんて……」

「ち、違《ちが》うんだ真冬ちゃん。俺と火神の関係は、尻に敷かれるとかじゃなくて……」

「そーです！　なにか勘違《かんちが》いされているようですが、さっきの発言はカガミがサーヴァントのつもりで言ってますからね？」

「そうなんですか？」

「そうッス。ただ先輩がカガミの手綱《たづな》を握《にぎ》る代わりに……火神は圧倒的《あっとうてき》知力と戦闘力《せんとう》をもって先輩の生殺与奪《せいさつよだつ》全てを握っているってだけの話ッスよー」

「ああっ！　某超《ぼうちょう》高校級の絶望さんばりに歪《ゆが》んだ瞳《ひとみ》ですぅー！」

ことここに至り、流石《さすが》に旧生徒会の面々からも「嫉妬《しっと》」的感情が薄《うす》れ、それどころか、むしろ俺に対して「うわぁ……なんかこいつ、今年完全に攻略《こうりゃく》失敗してらぁ……」と言わんばかりの、妙《みょう》な同情的視線まで向けられ始める始末。

微妙《びみょう》な空気の中、西園寺がこほんと咳払いして、会議を立て直す。

「そ、それで本日の議題でございますが。折角生徒会OBの皆様《みなさま》もいらっしゃっておりますので、やはりここは雑務の様な些事《さじ》などではなく、もっと生徒会として重要なテーマを話し合うべきかと考えております」

「さんせーさんせー！　それがいいよ！　折角私達がいるんだもん、今日はどーんと大きなこと決めちゃおうよ！」

会長が西園寺の意見に全力で同意を示す。西園寺は尊敬するOBの温かな後押しに、いたく感動している様子だ。まあ俺達現生徒会メンバーが彼女の意見にああやって全力で同意することはほぼないからな……そりゃ感動もするだろう。

西園寺が感銘《かんめい》を受ける中、会長が更に具体的な提案を続けた。

「そんなわけで、じゃあよし！　碧陽学園の移転計画についてでも話し合おうか！」

「そうですね、それがよろしいですね桜野さん！…………。……って、えええええ!?」

西園寺がワンテンポ遅《おく》れて驚く。……リアルに「ノリツッコミ」みたいな反応出来るヤツ、俺、初めて見たよ……。ホント笑いの神に愛されてるな、あいつは。

会長がウッキウキとした様子でぐいぐい会議を進める。

「うちの大学の近くに碧陽学園移転したら凄《すご》く楽しいと思うんだけど、反対の人ー！　うん、いないみたいだね！　よーし、これ可決！」

「え、ちょ——」

「あと去年は小説書いて漫画《まんが》化・アニメ化・ゲーム化したから、今年の生徒会には映画化・ドラマ化・舞台《ぶたい》化・巨大化あたりをお願いしたいね。反対の人ー！　ゼロ！　可決！」

「いや、ちょ、巨大化って何ですか——じゃなくて！　それ以前にあの——」

「ちなみに映画化の際は監督《かんとく》北○武さんで、キャッチコピーは『全員、廃人《はいじん》』で」

「ある意味正解ですけど！　いやそうじゃなくて、ちょっと待って――」

「あと、碧陽学園の生徒数を五倍にします。理由は賑《にぎ》やかな方がいいから。反対の人ー。はい居ないね、じゃこれも可決――」

「ちょ、ちょ――ちょっとお待ち下さい桜野さん！」

「にゃ？」

西園寺の制止に会長が首を傾《かし》げる。西園寺はごくんと一度唾《つば》を飲み込んでから、勢いよく言葉を吐《は》き出した。

「どうしてそのような重要なことを、そうサクサクお決めになられるのですか！」

「うん？　だってつくしが言ったんじゃん、重要なテーマを話し合おうって」

「いくらなんでも重要すぎます！」

「まあ、でも、賛成多数だからねぇ」

「う、くぅ！　だ、誰《だれ》も話についていけてない段階で反対の挙手を募《つの》ってさくっと締《し》め切《き》り、その結果を『賛成多数』等と言い換《か》えるとは……流石前会長！　悔《くや》しいですがわたしなどとは会長力が段違いです！」

「ふっふっふー。まだまだ甘いのぅ、つくしクン。もっと精進《しょうじん》しなされー」

「はい！　わたし桜野前会長を見習いまして、更に会長職を邁進《まいしん》して参ります！」

「いやそこ見習わなくていいから！」

慌《あわ》てて悪の道に染まろうとする西園寺を止める。ああいう汚《きたな》いやり口で暴走する事を「会長力が高い」とは言わない。ああいうのは、ただ「悪知恵《わるぢえ》が働く」と言うのだ。ワガママ人生ど真ん中を歩いてきた会長だからこその大技《おおわざ》なのだ。

俺に否定されて会長がふくれっ面《つら》をする中、西園寺が「まあそれはそれと致《いた》しまして」と再び場を仕切り直す。

「わたしが本日話し合いたいのは、ずばり、生徒会ひいては碧陽学園の、今後の方針についてでございます！」

ホワイトボードをひっくり返す西園寺。そこには書道を嗜《たしな》む西園寺らしく、見事な達筆で書かれた議題があった。

見たか、と言わんばかりのドヤ顔で胸を張る西園寺。確かに、俺達も彼女の達筆ぶりを認めるのにやぶさかではない。やぶさかではないのだが……。

ホワイトボードに西園寺は「本日の議題・生徒会の方針」と書いたようなのだが、なぜか現在、奇跡《きせき》的に黒いナナフシが「本日」の「日」の真ん中に縦でくっついた結果……。

完全に「本田の議題」になっている。

全員が「本田だ……」「明らかに本田だ……」「誰だ本田……」と思うものの、西園寺がこれ以上無いぐらいのドヤ顔だし、達筆は達筆だし、どうやら自信作のようなので、妙にツッコミも入れ辛《づら》い。

ここに来てようやく旧生徒会の面々も「西園寺つくし」という人間を理解し始める中、一人だけ状況を分かっていない西園寺は、恐《おそ》らくは「わたしの達筆に皆《みな》さん声も出ないようですね！」とか思ってそうな、無駄《むだ》に自信に満ちた顔で話を続けてきた。

「先程《さきほど》からの交流で既《すで》にご理解頂けていることと思いますが、今年の生徒会と去年の生徒会では、役員の人柄《ひとがら》から性質まで、なにもかも全てが違い過ぎます！」

「そりゃ確かに」

深夏が腕組《うでぐ》みしつつ応じる。他の面子《メンツ》もこくりと頷《うなず》き、同意を示した。

「そのような中で、去年や一昨年《おととし》の活動を真似《まね》るだけなどという愚行《ぐこう》は言語道断笑止千万《しょうしせんばん》。この際心機一転、新生徒会として『わたし達らしい』生徒会の有《あ》り様《よう》、今年の大まかなスタンス・方針といったものを、きっちりと決めておくべきだとわたしは考えます」

『おおー』

旧生徒会メンバーの妙に感心したリアクションに、新生徒会の面々が首を傾げる。

まあ、俺は気持ちが分かるぞ、皆《みんな》。そうだよな。こんな……こんな「まともな生徒会の導入」って、俺達にしてみたらちょっとした奇跡だよな。俺は大分慣れてきたけど。

西園寺は意外なリアクションに少し照れながらも、更に会議を進行させた。

「そんなわけで、本日はみにゃしゃんと共に――。……にしゃんたと共に――。……」

『……』

「――そんなわけで、本日は皆さんと共に、今後の方針について、張り切ってディスカッションしていきたいと存じます。ＯＢの方々、何卒《なにとぞ》よろしくお願い致します」

『よ、よろしく……』

旧生徒会全員がぺこっと頭を下げながらも……ちらちらと俺に視線を送ってくる。……

「え、今この子噛《か》んだよね？　去年ならツッコンでるとこだよね？」と言わんばかりの視線を、送ってくる。しかし俺は動かない。なぜなら、当の西園寺がシレッとしてやがるからだ。こういうモードの西園寺につっかかってもロクな事がないからな。

とにもかくにも、かくして俺達は、ようやく通常の会議を開始させた。

流石に西園寺が緊張《きんちょう》で疲《ひ》労《ろう》気味のため、両方のメンバーを知る俺が仕切って会議を回していくことにする。

「じゃ、なんか意見とかある人ー」

『……』

誰《だれ》一人挙手しない。やる気が無いヤツは勿論《もちろん》、真面目《まじめ》組にも遠慮《えんりょ》があるらしい。

仕方無いので、こちらから強引《ごういん》に話を振《ふ》っていくことにした。まずは……と、メンバーを一通り見渡《みわた》す。

「よし、じゃあ知弦さん、何かいい意見があれば——」

「ちょっと待ちなさいよスギサキ」

話を振ろうとした瞬間《しゅんかん》、誰かに制止される。声の方を見ると、日守がマスクの上からでも分かる程、厳しい表情（目）で俺を睨《にら》んでいた。

「なんで、最初に話を振るのがその女なのよ」

「いや、なんでって……」

ちらりと知弦さんの様子を窺《うかが》う。大学生になって更《さら》に増した、理知的で大人びたオーラ。

……うん、相変わらず頼《たよ》りになりそうだ。

しかし日守は何やら俺のそんな表情が気に食わなかったらしく、急に「はいっ」と挙手してきた。状況《じょうきょう》がよくわからず目をパチクリする俺に、痺《しび》れを切らした日守が眉《まゆ》を吊《つ》り上げる。

「ちょっと！　このアタシが手ぇ挙げてんでしょ！　話振りなさいよね！」

「え、あ、ああ……」

確かに意見があるなら、知弦さんに話を振ることも無いが……。

俺が戸惑《とまど》っていると、知弦さんがフッと余裕の笑《え》みを漏《も》らした。……嫌《いや》な予感がする。

「あら、そんなマスクとカツラ被《かぶ》った人に、会議参加の資格なんてあるのかしら？」

案の定日守に突《つ》っかかる知弦さん。この二人、出逢《であ》いが最悪だからな……。

日守も負けじと彼女に反論。

「部外者に見せる顔はありませーん。っつーか、そもそも会議への参加資格無いのはどっちかっつー話よ、お・ば・さ・ん」

ピキッと額に血管の浮《う》く知弦さん。周りの全員が冷《ひ》や汗《あせ》を掻《か》く中、二人の口論は続く。

「たった二歳年上の人間をおばさん呼ばわりだなんて、浅はかね。お里が知れるわ」

「あら、アタシは別に二歳年上の人間をまとめておばさん呼ばわりしているわけじゃないですよ？　貴女《あなた》を、単体で、おばさんと評価しただけでー」

「な、なんですって？」

「だってぇ、ただでさえ大人びているキャラ設定なのに大学生までいったら……もう、少なくともライトノベルやエロゲの世界じゃ充分年増《じゅうぶんとしま》認定《にんてい》だよねー。っつーかぁ、ファンディスクにテキトーなシナリオとエロシーンあるだけでも有り難《がた》いレベルでしょコレ」

「……ふふっ」

「な、なに笑ってんのよ？」

「あらごめんなさいね。いえ、マスクとカツラで顔隠《かく》してる美少女なんていう、使い古されすぎて今や中古市場にも出回らないレベルのキャラ設定の方にそんなこと言われるなんて……ふふっ、可笑《おか》しくて可笑しくて」

「ぐぬっ……！　こ、これは別に、キャラ作りでやってるわけじゃ……！」

「え、じゃあまさか本気で？『人前では顔出さないポリシー』とか、素面《しらふ》での、正気の上での発言だったの？……あらそーう……」

「そ、そんな無職の甥《おい》を見下す叔母《おば》みたいな目ぇするなぁー！　い、いいわ！　分かったわよ！　取りゃあいいんでしょ、取りゃあ！」

「任せて日守さん。私大人だから、ちゃんと驚《おどろ》いてあげるわよ。『わぁ、ホントは綺麗《きれい》だったのね！』って。顔隠すキャラにとって一番の見せ場だものね、そこ。大丈夫《だいじょうぶ》、分かってるわ。マスクやカツラなんていう超《ちょう》もっさい格好で思い切りハードル下げているんだもの！　大丈夫よ、大概《たいがい》の顔立ちを高く評価してあげられる状態よ、皆！」

「にゅあ――――！」

マスクとカツラに手をかけていた日守が、色んな感情のごちゃまぜになった奇妙《きみょう》な声を上げる。……初対面の後輩《こうはい》女子に、あそこまで容赦《ようしゃ》なくムチを入れられるとは……紅葉知弦、流石《さすが》のドSっぷりだぜ。

しかしここまで来て外さないというわけにもいかない。日守は変装を解く直前で手を止めたまま暫《しばら》く唸《うな》る も……最後には決断し、変身に取りかかった。

知弦さんを筆頭に生徒会ＯＢの注目が集まる中、日守は手慣れた手つきで、マスクやカツラを取り去ると同時にブレザーやスカートもサッと着崩《きくず》す。そうして仕上げとばかりに、長く煌《きら》めく銀髪《ぎんぱつ》をバサバサと振り回し、最後に少し乱暴にくしゃくしゃと手櫛《てぐし》で髪《かみ》を整えることにより――

――「絶世の美女」が出来上がった。

『…………』

生徒会室を沈黙《ちんもく》が満たす。彼女の『美』が、全《すべ》てを圧倒《あっとう》する。

悔しいが、やはり何度見ても素《す》の日守の美しさは異常だ。生徒会メンバーは誰しも美少女だが、しかし、こと「美しさ」という一点に絞《しぼ》るならば、他の追随《ついずい》を許さない。

全員が黙《だま》り込んでしまう中……日守は口を尖《とが》らせて恥《は》ずかしそうに視線を逸《そ》らしつつも、おずおずと知弦さんへと訊《たず》ねる。

「な、なんか言いなさいよ。ほ、ほら、高く評価してくれるんでしょう？」

「え……あ、え、ええ」

ぽかんと口を開けたままの知弦さんが、さっきまでの怒《いか》りなどどこかに吹《ふ》き飛んだ様子で、ただただ、嫌味《いやみ》の要素などカケラも感じられない、感嘆《かんたん》の言葉を漏らす。

「本当に……綺麗ね……」

「え」

知弦さんのあまりに素直《すなお》な……つまりは意外なリアクションに、日守が驚く。そうして、みるみるうちに顔を赤くしていった。

「な、なによ急に！　ば、バカじゃないのっ！」

「……ええ、もう、それでいいわ」

「え」

「はぁ。それにしても綺麗な髪ね。まるで天使みたい」

「え、え、え」

「あの、日守さん。初対面でこんなこと頼《たの》むのが失礼なのは百も承知だけれど……。ちょっと、触《さわ》らせて貰《もら》っていいかしら？」

「え。……あ、うん、いいけど」

日守が許可すると同時に、席を立った知弦さんが彼女の傍《そば》に小走りで寄ってその髪をうっとりと触り出す。……知弦さん、基本可愛《かわい》いもの大好きだからな……。

「はぁ……思った以上の滑《なめ》らかさだわ。なにこれ。今まで触《ふ》れてきた髪の中で一番……うん、全触感《しょつかん》の中でもトップを争う気持ち良さじゃない。素晴らしい！」

「え、あ、そ、そう？……………………あの……その……」

「ん？　あ、ごめん、イヤだったかしら」

「そ、そうじゃなくて、その……えと……。……………………あ、アリガト……」

捻《ひね》くれ者の日守といえど、大好きな祖母譲《ゆず》りの髪を褒《ほ》められるのはやはり嬉《うれ》しかったらしく。彼女はそっぽを向きながらも耳を真っ赤にしつつ、知弦さんにか細い声で礼を告げた。

そうしてそのあまりにいじらしいツンデレ態度を見た知弦さんはといえば。

「――――」

まあ俺やOBの面々からすれば予想通りの反応なんだが――

「か………」

「か？」

「可愛すぎるわよこんちくしょう――――――――――――――――――――――――――――！」

「ええええええええ!?　ちょ、アンタ急にどうし――むぎゅっ!?」

「もきゅー！　もきゅー！」

「ちょ、なに⁉　なんなの⁉　アンタ最早《もはや》なんか違う生物にな——むぎゅぎゅ⁉」

——目をハートマークにして、日守をぎゅうぎゅうと抱《だ》きしめて愛《め》でだした。あまりの急激な態度変化に新生徒会の面々が……水無瀬や火神までも面食らってぽかんとしている。

が、生徒会ＯＢとしてはその懐《なつ》かしい光景をほっこりした気分で見守っていた。

『懐かしいなぁ』

「はぁ⁉　ちょ、そこのＯＢ共！　アンタらキモい目してないで助けなさいよ！　誰《だれ》よこの変な生き物の飼い主！　責任持って回収しなさ——」

「もきゅー！　もきゅもきゅもきゅっ、もきゅー！」

「ぎゃー！　なに言ってるか分からないけど、その無垢《むく》な瞳《ひとみ》からはなぜか貞操《ていそう》の危険を感じるわー！」

『平和だなぁ』

「はぁ⁉　アンタら全員、バカじゃないのッ、バッカじゃないのぉおおおおおお！」

日守の断末魔《だんまつま》を聞きながら、俺と生徒会ＯＢは温かい気分で二人を見守り続ける。なんか日守が軽く脱《ぬ》がされかけているけど、まあ別にエロい気分とかはないよね、うん。そこにあるのはただただ、平和な日常風景に対する安堵《あんど》だよね。

新生徒会の面々はドン引きだけど。

とにかくそんなわけで知弦さんと日守が会議からドロップアウトしてしまったので、改めて他のメンバーに話を振ることにした。

「深夏はなんか新生徒会の方針について意見あるか？」

「ん？　あ、ああ、そーだな。あたしは宝貝《パオペエ》の中じゃ雷公鞭《らいこうべん》が好きかな」

「誰も封《ふう》神○義の話してねぇよ！　っつうか話聞いておけよ！」

「わりぃわりぃ。で、なんだっけ？　学校で怪談流行《かいだんはや》ってて問題だっつう話だっけか」

「一巻第二話の議題！　お前どんだけ俺の話聞いてなかったんだよ！」

「あー、お前があたしみたいな生徒会役員になりたいっていうとこまでは聞いてた」

「ほぼ初めて出逢った時の会話じゃねえかよ！　お前と俺の二年は一体なんだったの!?」

「独り言の応酬《おうしゅう》？」

「今明かされる驚愕《きょうがく》の真実！」

奥さん聞いて下さいよ！　生徒会シリーズにおける俺と深夏の全会話、基本嚙《か》み合ってなかったらしいですぜ！　凄《すご》いね！　ウルトラC級の叙述《じょじゅつ》トリックにも程《ほど》があるね！

俺がショックで打ちひしがれていると、水無瀬がわざわざ席を立って俺の隣《となり》まで歩き、そして優《やさ》しくぽんと肩《かた》に手を置いてくれた。おお、水無瀬、やっぱ持つべき者はなんだかんだいって付き合いの長い人間——

「大丈夫、杉崎君の一人相撲《ずもう》は今に始まったことじゃないですし、新生徒会でも依然《いぜん》として健在ですよ。長い付き合いの私が全力で保証します」

「トドメ刺《さ》しに来やがった！」

お前はホント俺が追《つ》い詰められるの大好きだな！　俺の絶望を見守って水無瀬は妙《みょう》に満足そうな息を漏らすと、スタスタと自分の席に戻《もど》っていった。あいつぁ……。

まあ熱血天然ボケと冷血知的サディスティックの発言をイチイチ真に受けていても仕方無い。俺は気を取り直して、再度深夏に話を振《ふ》った。

「で？　新生徒会の方針、お前はどういうのがいいと思うよ」

「方針ねぇ。そうだなぁ……」

深夏は腕《うで》を組み、しばし唸ると、突如露骨《とつじょろこつ》に、とんでもない名案を思いついたかの如《ごと》く表情を明るくした。

「よっしゃ！　バトルをふんだんに盛り込んでこうぜ！」

「ありがとうございますっ！」

あまりにオーソドックスな「ＴＨＥ　深夏ボケ」に思わず感謝してしまった。懐かしさも相俟《あいま》って、まるで伝統芸を見た気分だ。西園寺なんかなぜか拍手《はくしゅ》までしていた。

しかしまあ、バトルという要素に関しては、基本全員が微妙《びみょう》な反応である。深夏もそれを察し、口を尖らせた。

「なんだよ、いいじゃねーかよバトル。楽しいだろ、バトル。な、鍵？」

「いや俺に同意を求められても……」

「だってお前去年はいつも、あたしに殴《なぐ》られて嬉しそうな顔してたじゃねえか」

彼女の発言に新生徒会の面々がまたドン引きする。

「お前の記憶《きおく》の歪《ゆが》み方パねぇな！　深夏の暴力で俺がいつ嬉しそうな顔したよ！」

「ひでぶひでぶって、いつも笑ってたじゃねえか」

「それ笑い声として数えられてたの⁉　と、とにかく新生徒会はバトル方面に方針転換《てんかん》なんつう案は無しだ！　アンケートが低迷するジャ○プ漫画《まんが》じゃあるまいし！」

「あ、センパイ、カガミは好きですよ、ジ○ンプ漫画打ち切り間際《まぎわ》の露骨《ろこつ》なテコ入れ。あの溺《おぼ》れる者が藁《わら》をも掴《つか》もうとするものの、でも結局最後は人知れず沈《しず》んでいってしまう絶望感。更《さら》には最終週の作者の切ないコメントが、ホントたまらないんス」

「根性《こんじょう》のひん曲がったヤンデレは今黙っててくれるかなぁ！」

「あふぅ。カガミ最近、センパイになじられるのもそれはそれで快感になってきました」

「…………」

……今俺、２００８年の北○康介と全く同じで、そして対極の気分だ。何も言えねぇ。

まあとにかく右腕《みぎうで》にゴロゴロと縋《すが》り付く火神はシカトして、今は深夏だ。俺は彼女に再提案を求めた。深夏が面倒《めんどう》そうに後頭部を掻《か》く。

「って言われてもなぁ。バトルが無いとなると、あたしの提案は九割封じられたと言っても過言じゃねえし」

「お前はホント一貫《いっかん》してんな。転校しても変化や成長は無いのか」

「なめるなよ鍵。この数ヶ月であたしの戦闘《せんとう》力は四〇〇〇TPアップして、今や一〇〇〇〇TPを超《こ》えたからな」

「単位の基準が分からねぇよ！」

「ああ、TPは『地球破壊《はかい》パワー』の略だ。1TPで、地球一個滅《ほろ》ぼせるパワー」

「お前は一体何になろうとしているんだよ！　い、いや今はそんなこといいから、とにかく新生徒会の方針をだなぁ――」

「じゃあ『地球の平和を守る』で」

「無理ゲーすぎる！」

一〇〇〇〇TP持ったヤツが普通《ふつう》にうろついてコンビニでジ〇ンプ買っているような惑《わく》星《せい》を守り切れる気がしねえ！

「とにかくバトル方面は却下《きゃっか》だっ！　新生徒会に武力を求めるな！」

「そうか？　そこの火神っつう子なんかは、このあたしにさえ恐怖《きょうふ》を抱《いだ》かせる程のオーラをびんびん放ってやがるんだがな。こう、ハンターハ○ターで喩《たと》えると、あたしがメ○エムだとしたら、あいつがヒ○カ的な……」

「いや、コイツのソレはちょっとジャンル自体が違《ちげ》えんだよ……」

俺の反論に、火神自身もにっこりと頷《うなず》く。

「そうッスよ深夏センパイ。カガミは基本的に非力でか弱い女の子ッスよ。……まあ、センパイのご命令とあらば、あらゆる手段を尽《つ》くして地球一〇〇〇〇〇個ぐらいは軽く消してみせますすけど」

「あたしの十倍の戦闘力発揮してんじゃねえか！」

「でもセンパイが絡《から》まない場合、カガミは野生のモモンガにさえ負ける自信あるッス！」

「おい鍵、お前の後輩《こうはい》一体どうなってんだよ⁉」

「どうなっているのか知りたいのは俺の方だよ……」

日に日におかしくなっていくうちの後輩に頭を抱《かか》える。……こいつは絶対敵時代の方がまともな人間だった。世の中、攻略《こうりゃく》してはいけない人間も居るらしい。相変わらず俺のハーレム思想に一石も二石も投じる女だぜ、火神北斗。激しく悪い意味で。

まあ話はちょいちょい逸《そ》れたが、これ以上深夏から提案は出なさそうだ。

俺は異常な世界観から会議を立ち直らせるべく、地に足の着いた提案をしてくれそうなメンバーに話を振ることにした。

「水無瀬。お前はどうしたらいいと思うよ、今年の生徒会の方針」

「はぁ、そうですね……」

ノートから視線を上げてくいっと眼鏡を直す水無瀬。会議をあまり聞いてなかったらしく、ここに来て初めて議題に取り組み始めたようだ。

唇《くちびる》に拳《こぶし》の側面を当て、黙考《もっこう》する水無瀬。悔《くや》しいが、こういう時の水無瀬は実に絵になる。

その場の全員が、彼女の体から溢《あふ》れる才気に息を呑む。

数秒後。考えをまとめ終わったらしい水無瀬が、ゆっくりと、しかし淀《よど》みない口調で語り出した。

「このような目標設定というものは、分かりやすく、具体的で、尚《なお》かつ心がけが容易であるべきでしょう。それら全《すべ》てを満たした上で、今回私が提案する方針は——」

流暢《りゅうちょう》で理知的な水無瀬の語りに、俺はしきりに頷く。うん、俺の選択《せんたく》に狂《くる》いはなかった。

彼女ならば、きっと現実的で実現可能な提案をしてくれることだろう——

「『杉崎鍵を酷使《こくし》』で」

「実現可能！」

分かりやすく具体的で心がけが容易で現実的で見事に地に足の着いた方針だった！

「だが断る！」

「大丈夫《だいじょうぶ》、杉崎君は気にすることありません。私達女子メンバーが心がけるだけです」

「なんつう不条理ロジック！」

咄嗟《とっさ》にうまい切り返しも思いつかず、ただただ座ったまま地団駄《じだんだ》を踏《ふ》む俺。日守いじりを一時中断した知弦さんが水無瀬を見つめて「私とはまた違《ちが》う『キー君テイマー』だわ……」と妙な感心の仕方をしていた。なんだよ「キー君テイマー」って。そんな職種がある世の中、俺生き辛《づら》すぎるわ！

頭を抱える俺に、水無瀬が冷たい視線を向けてくる。

「惚《ほ》れた女のために努力するのが杉崎君の幸せと私は聞き及《およ》んでいるのですが」

「そりゃそうだけども！　ただいいように使われたいわけじゃないやい！」

「分かりました。では報酬《ほうしゅう》として西園寺会長の生下着を差し上げましょう」

「ええっ!?」

勝手に下着を特典にされた西園寺が面食らっていた。

しかも俺はそれをも即座《そくざ》に拒《こば》む。

「いらん！」

「ええっ⁉」

がーんとショックを受けた様子の西園寺。俺らしくないと思われているのだろうが……んなもん貰《もら》うイベントなんて、笑いの神が何するか分かったもんじゃなさすぎる。絶対デメリットの方が大きい。最後はポリス沙汰《ざた》というオチまで見える。

会長席で無駄《むだ》に傷ついている西園寺を尻目《しりめ》に、俺と水無瀬は口論を再開。

「下着というなら、お前の生下着を貰おうか水無瀬！」

「えええっ⁉」

西園寺が更にショックを受けている様子だが無視。水無瀬が深い嘆息《たんそく》を漏《も》らす。

「杉崎君に生下着をあげるなんて、下《げ》の下の人間がすることでしょう」

「どういう意味ですか⁉　それ先程《さきほど》わたしにさせようとしておられましたよねぇ⁉」

西園寺が涙目《なみだめ》で相変わらず俺達の会話に入ってくるが、今はそんなことより水無瀬だ。

俺は拳を握《にぎ》り込みつつ反論した。

「では条件を変えて、『杉崎鍵を酷使』という方針に、一言付け加えて頂こう！」

「ああっ、それです鍵さん！　『杉崎鍵を常識の範囲《はんい》内で酷使』とかならば、大分いいですもんね！　ふぅ、これでわたしも生下着を渡《わた》さずに済む――」

「『杉崎鍵を性的に酷使』でお願いしたい！」

「たった一言で驚《おどろ》く程ニュアンス変えてきましたぁ――――――――！」

「分かりました、その条件呑みましょう」

「そうです！　そんなの流南《るな》さんが通すわけありませ――って、ええええええ⁉」

「なんか今年の会長さんって大変そうだね……」

一人でツッコミやリアクションやいじられ役をこなしている西園寺を見つめて、会長が溜息《ためいき》をついていた。が、今はそんなのを気にしている場合じゃない。

俺は生唾《なまつば》をごくりと呑みながら確認をとった。

「えと……マジでか？」

こくりと頷く水無瀬。

「マジです。大マジです。それで杉崎君が納得《なっとく》するならば」

「お、おお……」

頭の中に急速に広がるピンク妄想《もうそう》。このドS眼鏡に性的に酷使される俺。……く、悔しいけど感じちゃう！　もう、それなんてエロゲっていうレベルじゃねぇぞこりゃ！

これ以上無いぐらい色んな意味でワクテカしていると、水無瀬が「ただし」と付け加えてきた。

「私の方からも、更に一言、足させて頂きたい」

「む？」

「ですから、『杉崎鍵を性的に酷使』するという方針に、更に一言足させて貫いたいという話です」

「む、むむぅ……」

水無瀬の提案に、俺は思わず腕組《うでぐ》みをして唸《うな》る。これは……確実に罠《わな》だろ。水無瀬のことだ。どうせ更にニュアンスをガラッと変えるような文章付け加えてくんだろう。

しかしそんな俺の様子を見て、水無瀬がやれやれと言った様子で折れてきた。

「分かりました、いいでしょう。そんなに疑われるのならば、私が付け加えるとは言いません。他の方に、女性的観点からのセーフティを付け加えて頂き、それをもって正式に方針決定とする。という条件で如何《いかが》でしょう」

「それだ！」

俺は水無瀬の提案に即座に飛びつく。それならば、悪魔《あくま》的な策謀《さくぼう》に基づく単語を入れられることもあるまい。

「よし、じゃあ誰《だれ》か……」

早速《さっそく》周囲を見渡《みわた》す。会長……はぽけーっと口を半開きにしているし、深夏も難しい話が続いてウトウトしている。明らかに状況《じょうきょう》を理解していない。二人ともなしだ。で、西園寺……はこの口論を預けられてもテンパるだけだし、最悪、笑いの神性質で誰も意図しない方針にまでなりそうなので却下。知弦さんと日守はまた二人で百合《ゆり》百合しているし、火神……は普通にアウト。となると……。

「真冬ちゃん、お願い出来る？」

「え？　真冬でいいのですか？」

急に話を振《ふ》られて肩《かた》を強《こわ》ばらせる真冬ちゃん。しかしそれに対し、珍《めずら》しく水無瀬が柔《やわ》らかい表情を見せた。

「お願い致《いた》します。どうやら貴女《あなた》が一番適任のようですので」

「はぁ……そう言って貰えるのでしたら、真冬も期待に応《こた》えたいですが……」

「是非《ぜひ》」

水無瀬の力強い要請《ようせい》に、真冬ちゃんが少し照れた様子で頷く。ふーん、こういうとこ、意外と水無瀬も大人なんだな。なんにせよ、これで状況は調《ととの》った。

真冬ちゃんに考える時間を与《あた》えた後、彼女の「はい、まとまりましたです」という言葉で、再び対峙《たいじ》する俺と水無瀬。

「じゃあ、真冬ちゃん。お願い」

「はい、了解《りょうかい》です」

言って、こほんと咳払《せきばら》いする真冬ちゃん。それを固唾《かたず》を呑《の》んで見守る俺と、相変わらず落ち着いた様子の水無瀬。

「えーと、では、『杉崎鍵を性的に酷使』という言葉に、真冬が、女性陣《じん》を代表して一言付け加えさせて貰いまして……」

真冬ちゃんの台詞《せりふ》が始まる。…………。ふふ。ふ、ふははははは！

勝った。

これは勝った。水無瀬が自分で付け加えるケースならさておき、第三者が……中でも俺に優しい真冬ちゃんが言葉の付け加え役となれば、これはもう俄然《がぜん》俺に有利な条——

「『杉崎鍵を、同性が、性的に酷使』するでお願い致します！」

「ぎゃああああああああああああああああああああ!?」

あまりの逆転ぶりに、楳図か○おタッチの顔で絶叫《ぜっきょう》する俺！　爆笑《ばくしょう》する生徒会！

そんな中、ふと視界の片隅《かたすみ》で水無瀬が、大笑いするでもなく、ただただにんまりと……まるで計画が全《すべ》て上手《うま》くいった犯人かの様な笑《え》みを漏らし——

「て、てめぇ！　謀《はか》ったな！　謀りやがったなぁあああああああああ！」

「おや、なんのことでしょうか杉崎君。人聞きの悪い。これは第三者が、その方自身の着想に基づき決めたことではありませんか。文句ならば、まあそれも筋違いではありますが、椎名前会計へどうぞ」

「く……！」

違う！　絶対違う！　コイツ、最初からこの結末を狙《ねら》ってやがったんだ！　真冬ちゃんがああいう回答をすることを予測した上で、周囲の状況との兼《か》ね合いで彼女に話が振られることから何から、全部コントロールしてやがった！　畜生《ちくしょう》！　なにがセーフティ付け加えるだ！　俺の貞操《ていそう》にデンジャーアラート鳴りっぱなしだよ！

「さて、私からの提案は以上です」

「く。そ、そうだ、これはあくまで提案！　生徒会の方針として決定事項《じこう》じゃあ……」

「あ、いえ、先程の条件提示に『それをもって方針決定とする』という言葉をスルッと挟《はさ》み込みましたので、これは最早方針として確定ですよ杉崎君」

「鬼《おに》かぁあああああああああああああ！」

「まあ生徒会の方針が一つとは誰も言ってませんので、引き続き方針会議は進めて下さい。今年杉崎君が男性に、性的に酷使されることだけは確定した上で、ですが」

「どんなモチベーションで会議続けろと⁉」

俺の絶望しきった様子に、西園寺が「ま、まあ、情報が生徒会以外に漏れなければ実害は無いんじゃありませんか？」とフォローを入れてくれた。うぅ……ありがとう、ありがとう西園寺。だけど……だけどなんか俺、そのお前からこそ情報が漏れそうな気がしてたまらないんだけど！　ドジと笑いのコンボで！

まあ、しかし落ち込んでばかりいても仕方無い。俺は意識を物凄《ものすご》く無理矢理切り替《か》えると、会議を再開させた。

「じゃあ……真冬ちゃん。俺の貞操の責任とって、他の方針も提案してくれよ」

「あ、特にないです。お疲《つか》れ様でした」

「直前の会議内容に満足してんじゃねえよ！」

スッと引く真冬ちゃんに怒鳴《どな》り散らす俺。真冬ちゃんは不満そうに口を尖《とが》らせた。

「真冬、早くメールしなきゃなのですが……」

「させるかよ！　絶対中目黒に情報送るつもりだろう！　なぁ！」

「心外です先輩《せんぱい》。真冬の行動をそんな風に考えているなんて……」

心底悲しそうな瞳《ひとみ》をする真冬ちゃん。しまった、俺は久しぶりに学校へ来てくれた後輩になんてことを……っ！

思わず反省していると、真冬ちゃんが嘆息交じりに呟《つぶや》く。

「まったく、ちゃんとメーリングリスト使って中目黒先輩や守《まもる》先輩は勿論《もちろん》、アキバ君を筆頭とした元一年C組男子、更《さら》に枯野《かれの》先生、理事長、ジェノさん、エトセトラ……果ては羽〇川小鷹《こたか》君にまでちゃんと送りますですよ！」

「俺の関《かか》わった全男性に出す勢いかよ！」

まさか『は〇ない』コラボ番外編まで持ち出す勢いとは！　本気にも程《ほど》がある！

愕然《がくぜん》とする俺を尻目に、更に水無瀬はぼそりと付け足してきた。

「あ、そこにうちの父親である水無瀬寺雄《てらお》と、火神会計の父親である岬開斗《みさきかいと》氏もそのメーリングリストに加えて頂いてよろしいでしょうか」

「おいそこ！　しれっとナイスミドルズ追加してんじゃねえよ！　どんな娘《むすめ》だよ！」

「あ、カガミ的にも是非《ぜひ》是非お願いします！　センパイ攻《せ》めの岬開斗受けとか、想像すると超《ちょう》うけるんスけど！　なんか不思議と胸がスッとしますね！」

「新生徒会の娘達が最低すぎる！」

そんな俺のツッコミをスルーして、水無瀬と火神は本当に真冬ちゃんへ父親のメールアドレスをリークしやがってた。……新生徒会は家庭環境《かんきょう》荒《あ》れすぎだろう……。

結局必死の抵抗《ていこう》も虚《むな》しく、俺が今年同性に、性的に酷使《こくし》される方針であるという心外にも程があるメールが一斉《いっせい》送信された後、真冬ちゃんはようやく真面目《まじめ》に議題に取り組み出してくれた。

「そうですね、新生徒会の方針ですか……。あ、ゲ——」

「ゲーム関係却下《きゃっか》だからね」

「…………。…………。……あ、お姉ちゃん、ちょっと飛行機の時間を調べて——」

「ごめんよ真冬ちゃん！　悪かった！　先回りして封《ふう》じて悪かったよ！　この通り、謝るから帰らないで！」

「ゲームを推奨《すいしょう》していきましょうです！」

「だからといってその意見も呑まないけどね！」

深夏と同じく、最早《もはや》伝統芸レベルの定番ボケをかましてくる彼女。会長や知弦さんが妙《みょう》に嬉《うれ》しそうに表情を綻《ほころ》ばせる中、しかし俺はそれでも新生徒会の一員として、ツッコミを入れさせて頂く！

「ゲームを推奨する方針の先に、何があるっつうんだよ！」

「え、廃人《はいじん》の山ですが何か？」

「歪《ゆが》んだ思想にも程がある！　そんなことして誰になんのメリットがあるって――」

「コールオブデ○ーティの戦場に新たな手練《てだ》れが参戦したり、ドラゴンク○ストオンラインの世界に新たな廃人職人が現れてバザーを賑《にぎ》わせてくれたりするはずです！」

「ふらっと訪《おとず》れた母校で自分の遊び相手を培養《ばいよう》しようとしてんじゃねえよ！」

「真冬、転校した今でも碧陽では沢山《たくさん》友達を作りたいと思っているのです」

「なんかいい台詞風に言っても駄目《だめ》だよ！　そんなに廃人培養したいなら転校先でやってくれ！」

「あ、それはもう終わってます」

「終わってんだ！」

愕然とする俺に、深夏が「大丈夫《だいじょうぶ》、安心しろ！」とフォローを入れてくる。

「あたしのスパルタ指導で、生徒全員の運動能力も軽く人類超越《ちょうえつ》させてっから！」

「なにを安心しろと⁉」

「そうやってお姉ちゃんの指導で反射神経や体力を鍛《きた》えられるおかげで、真冬主導による廃人ゲーマー生活にも更なる磨《みが》きがかかる……という寸法です。実に美しいですね！」

「あぁ、なんてこったい……」

彼女達の転校先（現守高校《あらかみ》）は色んな意味で終わったようだ。すまない、現守の人達。

げんなりする俺に、真冬ちゃんは更に続けてくる。

「でも、本当にゲームから学ぶべきことって多いと思うのですよ」

「それは確かにそうかもだけど……たとえば？」

脳トレなんかのこと言ってんのかなとイメージしつつ訊《たず》ねる。すると真冬ちゃんはにこっと微笑《ほほえ》みを浮《う》かべ、手を胸の前でちょこんと合わせて、ふんわりと発言してきた。

「何事もやりすぎは良く無い、ということが身をもって学べるでしょう」

「学べた時は手遅《ておく》れじゃねえか！　っつうか真冬ちゃんもまだ学べてないよねぇ⁉」

「あはは、なに言っているんですか先輩。ゲームのプレイ時間が一日二十四時間を超越する程度では、まだまだやりすぎとは言えませんよ」

「基準がぶっ壊《こわ》れてやがる！　やっぱりゲーム推奨は無しだろこれ！」

「ま、待って下さい！　真冬、ゲームから学べることが一つとは言ってません！」

「まあそうだけど……他には何があるって言うんだよ」

「友情の大事さとか！」

「なるほど、確かにストーリーの素晴《すば》らしいゲームだとそういうこともあるかも――」

「ネット非対応でリアル通信プレイ必須《ひっす》のゲームに出逢《であ》った時の絶望といったら！」

「理由が切なすぎる！　っていうかそんな理由で友達作りの大事さ学ばれてもな！」

「家族愛の素晴らしさだって学べます！」

「それはまあ、ギャルゲーとかでも泣かされることの多い要素だけど……」

「働きもせずひきこもってゲーム三昧《ざんまい》の自分の部屋へと毎日健気《けなげ》に食事を差し入れてくれる年老いた両親の温かさを通じ、家族愛をこれでもかと学べるはずです！」

「それは出来ることなら知らない方がいい温かさだよ！」

「正義とは何かを学ぶことも出来ます！」

「まあ王道ＲＰＧとかやっていると、自然に正義という観念が身につく気もす――」

「部屋にひきこもってたある日、突如《とつじょ》押し入ってきた姉や友人にひっぱたかれて『いい加減目を覚ませよ！』と怒鳴られた時、『ああ、こいつらが正義なんだなぁ……。……まあ真冬はこのままでいいんですけどね。きひひ』と思うことが出来ます！」

「もう学べてさえいねぇじゃねぇかよ！　どんどん堕《お》ちていってるじゃねぇかよ！」

「命とは何かを学ぶことも――」

「その話は聞きたくないよ！　なんかとても引き返せない絶望に取り込まれそうだよ！」

俺が半ば涙目《なみだめ》で怒鳴ったところで、真冬ちゃんが「そうですか？　残念です」と相変わらずぽわんとした調子で引き下がる。

く、奇人《きじん》変人大集合の碧陽から転校したら、椎名姉妹《しまい》も少しは丸くなるかなと期待していた俺が馬鹿《ばか》だった。こいつら、更に純度の高い化け物になって帰って来やがった！

とりあえず場を収めるためにも、ゆるい結論で真冬ちゃんの反論を封じておくことにする。

「ゲームからも様々なことが学べるのは分かったけど、学校側から押し付けるもんでもないと思うんだ。ほら、真冬ちゃんだって、守備範囲《しゅびはんい》外のゲームを無理矢理やらされてもイヤだろ？　たとえば俺なんかは飛行機に全然疎《うと》いから、リアルフライトシミュレーションとか苦手だしさ。真冬ちゃんで言えば……」

「『わが〇まファッション　ガールズモード』とか超苦手分野ですね」

「そこは女子として得意であって欲しかったよ！　残念無念の限りだよ！」

俺の嘆《なげ》きに、しかし意外な方向から「はいはーい！」と声が上がる。見てみると、そこにはどうにか知弦さんの猛攻《もうこう》を抜《ぬ》け出して自席に戻《もど》った、よれよれの日守が居た。

「アタシはそれ超得意ジャンルー！　ファッションもインドアも両立しているアタシのためのゲームと言えるわね！」

さいよ！」

「ちょっとスギサキッ！　アンタなんでアタシに対してはそんなテンションなのよ！　もっと盛り上がりなさいよ！　このパーフェクトなアタシに対して目をハートマークにしなさいよ！」

「あそう……」

「いやなんだろう……お前がそれ得意でも、むしろビッチ臭《しゅう》しかしないわ……」

「く、なんて言い草よこの童貞《どうてい》ニート！　円環《えんかん》の理《ことわり》に導かれて逝《い》ってしまえ！」

「ま、真冬は尊敬しますですよ！　あのゲームが得意だという女性の方は！」

真冬ちゃんがにっこりとフォローを入れる。それに対し、日守は褒《ほ》められて嬉しかったのか顔を一瞬《いっしゅん》にやけさせるも、すぐに照れてふいっと視線を逸《そ》らす。これには知弦さんどころかその場の全員が「(露骨《ろこつ》なツンデレすぎて逆に可愛《かわい》いなコイツ……)」等《など》と感じ始める中、ふと、日守が何かを思い出した様に、真冬ちゃんに質問する。

「あ、そうだちょっと聞いてよ、ゲーム詳《くわ》しい方のシーナ。おかしいのよね、あのゲーム」

「おかしいって……何がですか？　バグでもあるのですか？」

真冬ちゃんの質問に、日守は「そーなのよ！」と大きく頷《うなず》く。

「自分のコーデに磨きをかける一方で、我が店に来る客に対しては注文を完全に無視したダッサダサの高額商品一式をコーデして毎回ゲラゲラ笑ってたら、いっつも行き詰《づ》まるのよ。これって完全にバグよね？」

「いやいやいやいや！　どちらかというとバグっているのは日守さんの考え方ですよ！　ゲームの中と言えど客商売をなんだと思っているのですか！」

「え？　合法的詐欺《さぎ》？」

「物凄《ものすご》く歪んだ考え方でしたっ！」

「だって、安く仕入れた商品を高く売りつけて利益を得るわけっしょ？」

「そ、そう言われたらそうなんですが……」

真冬ちゃんが困った様子で俺をチラチラ見る。うん……そうだね真冬ちゃん。こいつの馬鹿さは、なんかタチが悪くてイヤだよね。会長とは方向性が違《ちが》うよね。

仕方無いので俺が日守を窘《たしな》める。

「おい日守。うちの生徒達が購買《こうばい》でこぞってパンを買うのはなんでだと思う？」

「愚民《ぐみん》だから」

「そんな回答あるか！　コンビニのより安くて美味《うま》いからだよ！　な⁉　分かるだろ⁉　つまり客商売ってそういうことなんだよ！」

「え、でもアタシはコンビニ派だけど？」

「お前　超面倒臭《ちょうめんどうくせ》ぇな！」

「あ、真冬もゲーム買う時、安さより手に入る日時だとか買いやすさだとかを優先することもありますですよ！」

「なんでそこで真冬ちゃんが日守の援護《えんご》射撃《しやげき》をするかなぁ！」

見れば二人はなんか「そうよね！　愚民《ぐみん》の集団に混ざりたくないわよね！」だとか「ですです！　長時間並んで百円安いショップで買うぐらいなら、定価でも前日に場末のゲームショップでフラゲする方が全然いいです！」などと意気投合していた。こいつら……方向性は違っても所詮駄目《しよせんだめ》人間同士か！

激しい徒労感に溜息《ためいき》をついていると、知弦さんが苦笑交じりに労《ねぎら》ってくれた。

「キー君は今年も大変そうね。お疲《つか》れ様」

「まったくですよ……。活動開始が遅《おく》れた件も含《ふく》めれば、まともに会議出来てない率去年より高いですからね！」

「そ、そう……」

俺の剣幕《けんまく》に知弦さんが若干《じやっかん》引いている。……あそうだ、折角だし、この際知弦さんにも議題に関して意見求めておこう。

「ところで、知弦さんはなんかいい案ないですか？」

「ああ、新生徒会の方針？　そうねぇ……」

口元に手を当てながら考え始める知弦さん。ああ、知弦さんは去年から変わらず、やっぱり頼《たよ》りになるなぁ。このオーラこそ知弦さんだよな。そして……。

「あ、そうだわ」

ハッと何か思いついたらしい知弦さんが、菩薩《ぼさつ》の様な笑顔《えがお》と共に提案を告げる。

「キー君に色目使ったら即《そく》退学で。キー君が」

「伝統芸ちくしょうめぇぇぇぇぇぇぇぇぇぇぇぇぇぇぇぇぇぇぇ！」

この期待させておいてのドス黒提案こそ彼女の真骨頂《しんこっちょう》だよな！　ええ、分かってましたとも！　本気でまともな提案して貰《もら》えるなんて、これっぽっちも思っていませんでしたとも！　大学生になって丸くなっていてくれていることを密《ひそ》かに期待なんて、全然していなかったですよーだ！　うわぁぁあああああん！

俺が机に伏《ふ》せって嘆いていると、ふと隣《となり》に座っていた火神が動く気配を感じた。やべぇ、これはなんか修羅《しゅら》場《ば》の予感——と慌《あわ》てて顔を上げるも、予想に反して、そこには嬉々《きき》とした笑顔の火神が居た。

「それいいッスね、紅葉センパイ！」

「えええええ!?」

驚愕《きょうがく》する俺を余所《よそ》に、火神が続ける。

「カガミは常々考えていました！　何がセンパイのハーレム思想を一番助長しているかって、やっぱ、この女子の顔面偏差値《へんさち》が妙《みょう》に高い学園のせいだと思うんです！」

立ち上がって力説する火神に、なんと知弦さんまで笑顔で同意する。

「その通りよ火神さん！　小腹の空《す》いた時傍《そば》にハーゲ○ダッツが置いてあればそれを食べてしまうは人の道理！　しかし無ければ無いで我慢《がまん》して、後でちゃんとした食事に赴《おもむ》くというものでしょう！」

「はい！　そしてその食事こそ、恋愛《れんあい》に置き換《か》えれば本命であるところの……」

「この紅葉知弦というわけね！」「カガミというわけッスね！」

二人の言葉が被《かぶ》る。室内を緊張《きんちょう》が満たし、一体これはどうなることかと思いきや……しかしそこは流石《さすが》「黒い」二人。一瞬で「今はまだ殺《や》り合う時じゃない」とでも判断したのか、互《たが》いに「にこぉ」と俺達からすれば失神モノの邪悪《じゃあく》な笑みを交わした後、特に衝突《しょうとつ》することもなく会話を再開させた。

「センパイやうちのアレみたいな人種相手にする際は、こちらもそれ相応の手段を持って臨《のぞ》むべきだとカガミは考えておりまして」

「本当にその通りね火神さん。愛とは育《はぐく》むものじゃない。奪《うば》い取るものよね」

「育むものだよ！　俺は育む方に一票だよ！」

「カガミ的には、愛とは縛《しば》るものですけどね」

「しかり」

「しかり、じゃねえよ！　知弦さん、なに神妙《しんみょう》な表情で深く頷いてんですか！」

俺のツッコミを無視して、知弦さんが続ける。

「火神さん。当然、その『縛る』には、心・体・行動・運命、それら全《すべ》ての意味を含むのよね？」

「しかり」

「や、だから、火神も『しかり』じゃなくてさ……」

「カガミに言わせれば、男の愛を信じて大人しく待つなんて愚《ぐ》の骨頂ッスよ。本当に欲《ほっ》するのならば、行動しないと。法を犯《おか》してでも」

「しかり」

「だから『しかり』じゃねえよ！　なにサラッと危険な倫理《りんり》感晒《さら》してんだよ！」

「とはいえ捕《つか》まってしまっては元も子もないから、そこら辺は慎重《しんちょう》に行かないとよね。……ところで火神さん、交換《こうかん》殺人って興味ある？」

「しかり」

「FBI行動分析《ぶんせき》課の方々ー！　クリミナル○インド最新シーズンで捕まえるべき人を日本で二人程見つけましたよー！」

「まあ紅葉センパイには、最後にはカガミの分も罪かぶって消えて貰いますけどね。……ふふ、どうせそちらも同じ事を考えているのでしょうけど」

「……ふっ、それもまたしかり、よ」

「っつーかなんだこのプチ流行語《りゅうこう》！『しかり』超《ちょう》気に入ってんなお前ら！」

確かになんか使い勝手いいし面白《おもしろ》いけどさ、「しかり」！　俺もちょっと使いたくなってきているとこあるけどさ！

彼女達のダークな会話はまだ続いていたが、俺はそこから抜けることにする。……そっとしておこう。

しかしこうなるといよいよ会議が行き詰まってきた。どうしたものかと西園寺の方を見ると……彼女は何故《なぜ》か少しむくれた様子でこちらを見つめていた。俺と視線が合い、慌てふいっと顔を背《そむ》ける。

「？　どした、西園寺？」

「別に……なんでもございませんよーだ。鍵さんが生徒会ＯＢの方々と非常に活《い》き活き話されていても……わたしは、何も思いませんよーだ」

なんか西園寺が拗《す》ねていた。なぜに副会長として会議を進行させただけで拗ねられなければならないのか……。嫉妬《しっと》かなぁ、なんてぼんやり察してみるものの、これといって嫉妬されるような場面も思い当たらず、何を謝ってよいのやらと困り果てて頭をぽりぽり掻《か》く。そうしていると、不意に会長が「まったく」と嘆息《たんそく》した。

「杉崎はホント駄目《だめ》駄目駄目だね！　相変わらずの駄目駄目さんだね！　野○のび太君から優しさと射的の腕《うで》とあやとりのセンスを抜いてエロスを足したら今の杉崎になるね！」

「絶望的な人物評価！　お、俺の何がそんなにいけないって言うんですか！」

「初期キャラ設定」

「じゃあもう駄目だ！」

俺が人格を根本から否定されてがっくりと落ち込む中、会長が西園寺を励《はげ》ます。

「別に気にすることないよ、つくし！　杉崎は元々こういう……どこに居たって、基本馬《ば》鹿《か》みたいに楽しそうにしてるヤツだもん！　私なんか、杉崎が裸《はだか》&目《め》隠《かく》し状態で、知弦に背中へと蠟《ろう》を垂らされ、涎《よだれ》流して喜んでいたところだって見たことあるもん！」

「それは子供が目撃《もくげき》すべきではない衝撃《しょうげき》の場面では⁉」

西園寺が愕然《がくぜん》としている。っていうかそもそもそんな事実は無い。どうせ会長の夢の中の出来事か何かだろう。……………俺が知弦さんに記憶《きおく》消去とかされてなければだが。

会長はそのまま、俺にはよく分からないフォローを続ける。

「だから、気にしなくていいって、つくし！　杉崎はいつだって、どこだって、誰《だれ》とだって基本的に笑顔でいるヤツなんだからさ！」

会長の言葉を受け、西園寺は少し恐縮《きょうしゅく》しながらも、「確かに……」と応じた。

「そういえば、以前わたしと一緒《いっしょ》にマフィアの銃撃戦《じゅうげきせん》に巻き込まれた時も嬉々としていらっしゃいましたし……」

「そうそう。杉崎はホントいつでも…………って、ええ⁉」

会長が西園寺の語るエピソードにドン引いていたが、西園寺自身は気付いていないようだ。……ちなみにその時俺が笑ってたのは、トラブルが連鎖《れんさ》しすぎた末の絶望からの笑いだ。決して嬉々としていたわけじゃあない。断じてない。

「更《さら》に思い返してみれば、トラップだらけの密室に二人で閉じ込められた時も、常にゲヘゲへと笑っておられました……」

「えええええ⁉　なにそれ、どういう状況《じょうきょう》⁉」

ぽんぽん出てくる西園寺のトンデモエピソードに会長が全くついていけてないが、西園寺は記憶を掘《ほ》り起こすのに一生懸命《けんめい》でそれどころじゃないようだ。……ちなみにその時俺が笑ってたのは、美少女と密室に二人きりということへの期待や、トラップの一つで西園寺が濡《ぬ》れて下着の線が透《す》けてたことに対する笑いだ。……あ、なんかこれは説明しない方が良かった気がする。

「更に更に思い返してみれば、二人で宇宙空間を遊泳していた時も――」

「ちょ、ちょっと待ってつくし！　いくらなんでもエピソードバリエーションが豊富すぎない!?　このトンデモ発想に定評のある私がついていけないって、どういうこと!?」

「あ、申し訳ありません、くりむさん。そうでございますよね。つい生徒会に関係無い、日常のどうでもいい話をしてしまいまして……」

「いやいやいやいや！　どうでもよくはないよ!?　むしろこんな会議より、そっちのエピソードを根こそぎ小説化すべきレベルだよ！」

「こちらのエピソードをですか？　なるほど……。……あー、でも、無理でございますよくりむさん。このレベルの話でしたら、鍵さんと知り合ってからだけでも軽く三百本は下らないのです。全部小説化など、現実的ではございません」

「存在自体が幻想《げんそう》的な人に『現実的じゃない』ってツッコミ入れられた！」

会長がなんか地団駄踏《じだんだふ》んでいた。うん……まあ気持ちは分かるよ会長。西園寺の話にまともに付き合うと、なんか価値観とか揺《ゆ》らぐよね。

そのまましばらく会長は西園寺のトンデモエピソードを聞き出し、そうしてひとしきり驚《おどろ》いて興奮しきった後で、こほんと咳払《せきばら》いをし、ようやく話を元に戻《もど》してきた。

「とにかく、つくしは自信持っていいよって話」

「はぁ、そうでしょうか。でもやはり……」

言いながらチラチラと俺を窺《うかが》う西園寺。気がつけば、他のメンバーもこちらの会話に注目し、特に新生徒会メンバーは西園寺と同様の視線を俺に送っていた。……なんだ？

それを見て、旧生徒会の面々が、これまたなぜか会長同様の優《やさ》しい視線を、新生徒会に送る。俺だけよく状況が呑み込めない中、会長は、西園寺だけでなく、新生徒会の面々皆《みんな》に向かって、胸を張って告げた。

「じゃあ決定！　今年の生徒会の方針は、自分達の活動に自信を持つこと！　大丈夫《だいじょうぶ》！　杉崎は、新生徒会の皆のことが大好きだからさ！」

「ええっ⁉　ちょ、急になんの話――」

会長の唐突《とうとつ》な発言に俺は顔を真っ赤にして間に入ろうとするも、ニヤニヤとした深夏に「お前、普段《ふだん》から似たようなこと言ってんじゃねえかよ」と制止されてしまう。……た、確かにそうなんだけど！　なんだこれ！　他人にそれ言われると凄《すげ》ぇ照れる！　特に新生徒会の面々……西園寺・水無瀬・日守・火神相手だと、普段から互いにどこかクールに接しているとこあるだけに、なんか……やっぱ凄ぇ恥《は》ずかしい！

赤くなる俺に、新生徒会の面々の視線が集まる。…………く！

「な、なにニヤニヤしてやがんだよてめぇら！　べ、別に俺は……その……。……す、好きだけど！　皆好きだけど！　そ、そういうんじゃないんだからな！　いやそういうのなんだけど！　なんつうか……ああっ、もう！」

なんだか混乱してしまって思わずくしゃくしゃと頭を掻く。すると新生徒会メンバー達からくすくすという笑い声が上がり、そうして、西園寺がどこか明るい声で会長に応じる。

「そうでございますね。……うん、鍵さんは、そういう方でございますものね」

「うんっ！　杉崎は、そういうヤツだよ！」

「だから、何の話……」

二人の間だけで何か伝わっているのかと思いきや、他のメンバーもニヤニヤしながら頷《うなず》いていたりするので、どうやら本当に俺だけがよく状況を分かっていないようだ。……なんなんだよ！　なんなのこの空気！　凄《すご》くイヤなんだけど！　勝手に互いに仲良くなっちゃってさ！　なにこの、面識の無い自分の友人同士を引き逢《あ》わせたら、むしろその二人の方が仲良くなっちゃったみたいな複雑な心境！

俺がそんな風にモヤモヤする中、メンバー達が互いに言葉を交《か》わし合う。

「でもやはり、流石は生徒会ＯＢ様方ですね。鍵さんのことがホントよく分かっておられます」

「えへぇ、そこはやっぱりね！　一年も一緒に会議してたわけだし、まだまだ負けないもんね！」

「そういう話でしたら、私は杉崎君と一番付き合いが長いはずなのですが……。彼の内面など、全く把握《はあく》出来ていませんね。する気もありませんが」

「いや、貴女《あなた》は充分《じゅうぶん》キー君を把握どころか掌握《しょうあく》出来ている気がするけど……」

「はんっ、スギサキなんかテキトーに足蹴《あしげ》にしとくぐらいで丁度いいっつーの」

「あれ、日守、お前意外と分かってんじゃねーか。そういう態度で接されるぐらいが、鍵は一番楽しそうだもんな。分かるぜ」

「まあ最後にはカガミが独占《どくせん》しますけどね。センパイのハーレム思想なんて、カガミが根っこから否定してやるんスから」

「火神さんのその考え方、真冬も応援《おうえん》しますです！　まあ当然最後には真冬を選んで貰《もら》いますけどね！」

「…………」

全然話についていけないが、なんか、俺のこと喋《しゃべ》っているのは分かる。分かるのだけれど、悪口でもなさそうだけど褒《ほ》めてくれている様子でもなく、嫉妬で争っているのかと思えば、全員妙《みょう》に楽しそう。……本当になんだかよく分からない会話だ。

そうして全員が、そのままの流れで和気藹々《あいあい》と雑談になだれ込む。……まあ、なんだ。

俺は未《いま》だにアウェーだけど……これで……。


会長が望んだ通り、楽しい生徒会には、出来たかな。


当初の目標は達成出来たし、さて、そろそろ会議を終わらせるかー……などと考えながらも、全員が笑顔で語り合う光景をほっこりした気持ちで見守っていると、不意に生徒会室の戸がノックもなしに開かれた。全員が会話を止めてそちらを見やると、そこには……。

「おおう、聞いてはいたが、こりゃ確かに賑《にぎ》やかだな」

『真儀瑠《まぎる》先生！』

書類の束を片手で肩《かた》に担《かつ》いで気怠《けだる》そうにする、生徒会顧問《こもん》が居た。

旧生徒会の面々が嬉《うれ》しそうに声を上げる。真儀瑠先生もまた、ニッと笑いながら入室し、後ろ手に戸を閉めた。先生は、席を譲《ゆず》ろうかと立ち上がる俺を「いやいいんだ、すぐ職員会議あるから」と制しつつ、部屋の壁《かべ》に背を預ける。そうして旧生徒会メンバー達と二〜三分だけ近況《きんきょう》報告を交わすと、「悪い、そろそろ時間だ。お前らの元気な顔見られて割と嬉しかったぞ」と会話を切り上げ、そうしてから上座の西園寺へと近付いた。

「ちょっといいか？」

「はい？」

珍《めずら》しく少し真面目《まじめ》な様子で先生が声をかけてくる。他のメンバーは再び歓談《かんだん》を始めていたが、西園寺のすぐ傍《そば》に居た俺も用件が気になって耳を傾《かたむ》ける。

真儀瑠先生は書類の束から一枚のプリントをそっと取り出して西園寺の前に置く。

「例の、来月の祝日にやるボランティア活動の件、そろそろ期限だけど……各所の連絡《れんらく》や手配って、終わってるのか？」

「……へ？」

「……へ？」

西園寺の素《す》っ頓狂《とんきょう》な声に、真儀瑠先生もまた素っ頓狂な声を返す。雑談を交わしていた皆もその声に反応してこちらに注目した。知弦さんが小声で水無瀬に確認《かくにん》する。

「何の話？」

「生徒会が、来月のボランティア活動の件をすっかり失念していたようです」

「え、あの、年中行事でも最も生徒会の手間が大きいボランティア活動？　現時点で何も動いていないの？　そ、それはかなりまずいんじゃないかしら……」

二人の会話により、現在生徒会の置かれた状況が全員に伝わる。と同時に、だくだくと汗《あせ》を掻《か》き始める西園寺。彼女はカバンからクリアファイルを取り出すと、バラバラとそこに収められた書類を確認し、そして真儀瑠先生がくれた書類と自分のを見比べ、がっくりと机に手をついた。

「よ……よりにもよって、わたしの貰った予定表だけ……しかもピンポイントで日付の部分だけが、ものすごく巧妙《こうみょう》に、ミスプリントされてました……」

『あー……』

全員が、納得《なっとく》の声を漏《も》らす。最早《もはや》旧生徒会も納得の「西園寺あるある」だった。

彼女が額から汗を流す中、火神が「で、実際何が問題なのですか？」と訊《たず》ねる。

真儀瑠先生が嘆息《たんそく》しつつ答えた。

「いや、その、この状況で物凄《ものすご》く言い辛《づら》いんだが……。この件の生徒会に対する締《し》め切《き》り期限は、諸々考慮《もろもろこうりょ》すると、明日《あした》の午前中あたりまでな。で、そうなると——」

「今、こんな親睦《しんぼく》会をやっている場合では、全く無かった、と」

知弦さんの無慈悲《むじひ》なまとめに、先生が溜息《ためいき》を吐《つ》きつつ「そうだ」と答える。

生徒会を、重苦しい沈黙《ちんもく》が包む。会長が「じゃ、じゃあ私達は今日はこの辺で切り上げて、あとは仕事して貰って……」と声を上げるも、外が既《すで》にかなり暗いのを見て、申し訳無さそうにしょんぼりとする。

流石《さすが》の空気に、旧生徒会、新生徒会全員が様々なフォローを口にするものの、それで何が解決するわけでもなく、やはり上手《うま》くいかない。

そうして、再び部屋がすーっと静まり始めてしまったところで。

ようやく俺が口を挟《はさ》めそうなタイミングがやってきたため、俺は、真儀瑠先生の方を見て、ハッキリと告げた。

「ボランティアの件なら、昨日の内に全部片付いてますから、全然大丈夫ッスよ、先生」

『——え？』

先生のみならず、その場に居た全員がぽかんとする。俺は頬《ほお》をぽりぽり掻きながら続けた。

「いや、なかなか言うタイミング図《はか》れずに居たんですけど。その、例の、ボランティア関連の件。関係各所への連絡や必要物資の手配、スケジュールの作成やその他諸々の調整といったことでしたら、昨日の段階で終わってます。生徒会の仕事に関しては、それで終わりでしたよね？」

「あ、ああ。そういうことなら、あとは職員側の方で……って、あ、もう職員会議始まってる！　じゃあな、お前ら！　それと杉崎、本当に全部終わってるんだな？」

「はい、大丈夫です。安心して職員会議で報告して下さい」

「ＯＫ。じゃな！」

先生はそう言うと、慌《あわ》てた様子で生徒会室を去って行く。残された面々がぽかーんとする中、俺は「さて」と切り出した。

「そんなわけで、まだ全然歓談続けて大丈夫だぞ。はい、再開！」

『…………』

「……あれ？」

んですけど。

笑顔《えがお》で促《うなが》すも、全員がジッとこちらを見て動かない。……なんだこれ。超《ちょう》ソワソワする

俺が視線に怯《おび》えて挙動不審《ふしん》になっていると、深夏が、どこか険のある口調で告げてくる。

「お前、まだ……というか、また、そういうこと、してんのかよ」

「またって？」

「だから……っ！　そういう、自己犠牲《ぎせい》的なことだよ！」

「えーと……」

深夏が何を怒《おこ》っているのか今一つピンと来ずに戸惑《とまど》っていると、水無瀬がやれやれとい

った様子で眼鏡を光らせる。

「別に杉崎君が何を頑張《がんば》ろうと体を壊《こわ》そうと私の知ったことじゃないですが……。そうい

う気遣《きづか》いは、少し、不快ですね」

「ふ、不快？　気遣い？　い、いやそうじゃなくて、俺はただ単に……」

俺が弁明する暇《ひま》もなく、今度は日守が苛立《いらだ》ちを顕《あら》わにする。

「ねぇ、アタシって、一応生徒会役員なのよね？　べ、別に、生徒会の仕事がしたいだな

んてこれっぽちも思わないけどさ……けどさ。……アタシって、そんな、アンタに信用さ

れてないわけ？」

「信用？　あー、いや、だからそうじゃなくて、今回俺が勝手に作業した理由は……」

「杉崎！　生徒会って、皆《みんな》でやるから生徒会なんだよ！　そんなの、とっくに——」

「ああっ、もう！」

なんで俺が喋ろうとすると邪魔《じゃま》するんだ！　俺はガタンッと椅子《いす》を鳴らして立ち上がり会長の言葉を強引《ごういん》に遮《さえぎ》ると、全力で叫《さけ》んでやった。

「俺が、今日という日を心底楽しみにしていたことがっ、そんなに悪いことですかっ！」

『…………はい？』

全員が目をぱちくりとさせる。

俺はなんだか気恥《きは》ずかしくて視線をふいっと逸《そ》らし、口を尖《とが》らせて続けた。

「ボランティアの件やってないのは、昨日の雑務中に気付いたんです。でも、その時点で新生徒会の面子《メンツ》呼び出すのもアレでしたし……そうなると今日、この会議の時間減らして取り組むしかなかったわけでっ！　そうなったら……そりゃやるでしょうよ！　一人で作業！　それの何がいけないんですかっ、何がっ！」

俺の剣幕《けんまく》に押されながらも、西園寺がおずおずと答える。

「い、いえ、あの、しかし、昨日の段階でわたし達のことを頼《たよ》って頂いても……」

「だからっ、お前らを信頼《しんらい》してないとかそうじゃなくて！　あの時点から全員家から招集かけてまた作業するぐらいだったら、さっさと俺がその分動いた方が早かったの！」

「か、カガミはセンパイのご用命とあらば、一目散に駆《か》けつける用意が――」

「お前は昨日お袋《ふくろ》さんと久々に二人きりで外食出来るって、張り切ってたろうが！」

「う……」

流石のカガミも縮こまる。……うん、なんで俺が火神を叱《しか》っているみたいになってんだ？　状況《じょうきょう》がよく分からなくなってきたので、一度咳払《せきばら》いをして心を落ち着ける。

深夏が、なんだか申し訳なさそうに訊ねてきた。

「じゃ、じゃあ、お前が昨日作業した理由っていうのは、自己犠牲精神とかじゃ……」

「ねぇよ！　むしろ全然逆だっつうの。俺はただ……」

そこで、俺はこの生徒会を……大好きな少女達のずらりと集まった部屋を見渡《みわた》して。

今更《いまさら》ながらに深く幸福を噛《か》み締《し》め……思わずふっと微笑《ほほえ》んでしまいつつ、答える。

「ただ、愛する人達が楽しそうに喋《しゃべ》る顔を、一秒でも長く見ていたかっただけさ」

『……………』

「……ん？」

なんか全員が耳を真っ赤にして俯《うつむ》いていた。……なんだ？　どした？

もしかして俺のズボンのチャックが全開になってでもいただろうかと、そわりそわりと着席して股間《こかん》をチェック。

「（……う？）」

ぜ、全開でこそないが、チャックが数ミリ下がっていた。なるほど、この金具部分に夕陽でも反射して股間が光っていたに違《ちが》いない。だから全員あんな、何かが眩《まぶ》しくて直視出来ないといった様子の赤面をしているのだろう。なるほど、なるほど。

しかしこんな些細《ささい》な情報から真実に辿《たど》り着くなんて、俺凄ぇな。推理の天才だな。女心マスターだな。

俺が一人悦《えつ》に入《い》っていると、メンバー達がごにょごにょと、俺に微妙《びみょう》に聞こえない小声でひそひそと会話を始めていた。

「……キー君……今年も……ずるい……」

「……なんスよ。カガミもあれで……アレは凶悪《きょうあく》……」

「本人……自覚……厄介《やっかい》……」

うわ、なんか俺もしかして……超ディスられてる!? そ、そりゃそうか。股間光らせてたら、そりゃ女子高生にヒソヒソやられても仕方ありませんな。

そんなわけで皆の会話に入れず一人しょぼーんとしていると、生徒会室の戸がノックされた。皆が相変わらずヒソヒソ会話で忙《いそが》しそうなので、一人あぶれている俺が仕方無く「はーい」と応じながら戸まで行って開くと、そこには……。

「あ、杉崎さん。お疲《つか》れ様です」

「おう、風見。お疲れ」

後輩《こうはい》の新聞部部長、風見めいくが胸元《むなもと》にカメラを掛けてちょこんと立っていた。日守とは正反対にきちんと制服を規則通りに着こなし、特に尖った登場の仕方をするでもなく、突飛《とっぴ》な言葉遣《づか》いもない（去年リリシアさんにこき使われていた時はさておき）。

そんな相変わらず地味なことこの上ない佇《たたず》まいの彼女だが、それだけに、濃《こ》い美少女メンバー達と疲れるやりとりをした後は、彼女を見ると妙《みょう》にホッとする。今日なんかは特にそうで、思わずにこぉっと頬を緩《ゆる》めてしまっていると、俺のそんな感情を的確に見抜《みぬ》いたらしい風見が、なんだか可笑《おか》しそうにクスクスと笑った。

「杉崎さんは意外と私と似た感性の方ですよね。ハーレムとか言う割には、なんでもない日常が好きっていう」

「ああ、言われてみりゃそうかもな。最近、家で一人の時間にホッとする俺がいるわ」

「あははっ、ホント『らしい』ですね、杉崎さん。でも杉崎さんのそういうとこ、私、好きですよ。ラノベっぽくて」

ナチュラルな「好き」という発言に一瞬《いっしゅん》ドキッとするも、風見のそれは完全に無邪気《むじゃき》なそれからのため、意識的に動悸《どうき》を抑《おさ》える。……他のヤツ相手なら、むしろギャグ的に「俺も愛しているぜ！」とか切り返せるんだけどな……。出逢《であ》い方とか現在の関係性のせいか、どうもコイツに対しては他の女子へのそれと同じようなアプローチがかけられない。普通《ふつう》の友達・先輩《せんぱい》後輩感覚が染《し》みついてしまって、妙に照れてしまうというか。

俺は小さく咳払いをして、話題を切り替《か》えた。

「それ、写真撮《と》りに来たのか？」

「あ、はい。旧生徒会と新生徒会が揃《そろ》い踏《ぶ》みされると聞きまして、これは新聞記事にしない手はないだろうと」

「なるほど。仕事熱心なことだな、新聞部部長」

「ふふ、毎度お世話になります、生徒会副会長」

「どういたしまして。こちらこそ、いつもホント世話になってるしな」

「いえいえ、私の方こそ、新聞のネタに事欠かなくてありがたい限りですよ」

「今後ともギブアンドテイクで、よろしくな、風見」

「はいっ、杉崎さん」

にこーっという風見の笑顔と、ボケの一つさえ無い実にフツーのやりとりに、なぜだか妙に癒《いや》される俺の心。なんだろうこの気持ち。日常って、本来こういうもののことを言うんだろうな……。

さて、風見の頼《たの》みとあらば集合写真を撮らねばならない。新聞の件は抜《ぬ》きにしても、新旧生徒会全員の写った写真は俺も欲《ほ》しいしな。よぉし！

「はい皆、ちゅうもーく！　今から写真撮るから——」

パンパンと手を鳴らしながら意気揚々《ようよう》と室内の方を振《ふ》り向く。と、そこには——

『…………』

「え？」

なぜだか俺と風見を、ジトーッとした目で見つめる新旧全生徒会のメンバーの姿があった。さっきまであんなに盛り上がっていたのに、今や雑談の一つも無い。……なぜだ。

そんな、全メンバーと親しい俺でさえ冷《ひ》や汗《あせ》を掻《か》く視線の圧力に、風見が耐《た》えられるはずもない。彼女はびくんと肩《かた》を震《ふる》わすと、咄嗟《とっさ》に俺の背中に隠《かく》れて、俺の二の腕《うで》をぎゅっと握《にぎ》った。

「う、うぅ……？　す、杉崎さん？　な、なんなんです、これ……？」

怯えた瞳《ひとみ》で俺を見つめる風見。……やべ、かなり可愛《かわい》い——って、ハッ⁉

『…………』

気付くと生徒会メンバー達からの視線の圧力が更《さら》に高まっていた。その迫力《はくりょく》たるや、ブ〇ーチにおける更〇剣八の霊圧《れいあつ》ってこんな感じかもしれないと思うレベルだ。やばい。

風見と二人で立ち尽《つ》くしていると、どこからともなく、脳内に直接響《ひび》くような声が聞こえてくる。

『（真に警戒《けいかい》すべきは、旧生徒会でも新生徒会でもなかったということかっ！）』

誰《だれ》の声でもないそれは、その場の全員の心が重なった結果だったのか。

そんなこんなで注目を受けることに全く慣れていないＴＨＥ一般《いっぱん》人たる風見がガクガクと震えているため、仕方無く、俺が前に出て場を取りなす。

「じゃ、じゃあ、今日ももう遅《おそ》いし、パチッと一枚集合写真撮って解散——」

『話し合うべき議題がまだまだ沢山《たくさん》残っているでしょうがっ！』

「ひぃっ!?」

全員から田中○衛ばりの怒号《どごう》を受けた俺と風見に……最早選択肢《もはやせんたくし》など、あるはずもない。

結局その日は、強制参加の風見は勿論《もちろん》、後から様子を見に来た真儀瑠先生、新聞部の様子を見に来たＯＢの藤堂《とうどう》リリシアをも巻き込んで、延々と、長々と、ダラダラと……。

「じゃあじゃあっ、次の議題は、これよっ！」

全く尽きることのない会話を、誰《だれ》一人飽《あ》きることなく続けたのであった。

私立碧陽学園生徒会。

そこでは、きっといつまでも、騒《さわ》がしい人間達が楽しい会話を繰《く》り広げていく。

立碧陽学園生徒会

Hekiyoh School student co

あとがき

うぃーっす、葵《あおい》でーす。ちーっす。おつかれーっす。うーっす。

………。

へーい、そんなわけで毎度どうも、やさぐれ作家、葵せきなっす。著者近影《きんえい》にグラサンかけてスカジャン着て、某《ぼう》エグザ○ルのAT○USHIさん的剃《そ》り込みスタイルした自分を載《の》せたい勢いっす。ストレスで肌《はだ》まで荒《あ》れる勢いっす。

え、なぜかって？

……ふ、よせよ、自分でぐれた理由語る程、かっこわりぃこたぁねぇよ……。

まあ……なんだ。とりあえず。

このあとがき、最後まで読めば、分かるんじゃないかな。ボリューム的な意味で。

……はい、そんなわけで改めまして、あとがきの呪《のろ》いリターンズ・葵せきなです。最早《もはや》ちょっとした国民的ホラー映画シリーズになれそうです。ハリウッドリメイクの際は「A

TOGAKI」の名で全米を震撼《しんかん》させられそうです。

いやしかし、それにしたって。

新生徒会シリーズ終わった途端《とたん》あとがき十二ページって、どういうことなの……。

やはり、呪いは「生徒会シリーズ」の方にかかっていたみたいです。キャラで言うと、なんとなく、知弦《ちづる》あたりが悪そうです。作者の物凄《ものすご》く勝手な印象です。……だって一番誰《だれ》かの恨《うら》み買ってそうだし……。……ごほん！

まあそんなわけで、皆《みな》さんお待ちかねの、「葵せきな、あとがきに四苦八苦《しくはっく》タイム」ですよ。新生徒会で散々「あとがき短いのが残念」とか言われた結果がこれですよ。某ネット通販《つうはん》サイトのレビューでさえ、あとがき基準で星の増減された結果がこれですよ。ホント、あとがきって、一体なんなの……。ここまで商品に影響《えいきょう》及ぼし始めると、最早、おまけの域《いき》を大幅《おおはば》に逸脱《いつだつ》しているような……。

っていうか多分、これが呪いだとしたら、読者さんが悪いんだと思います。作家が一番やっちゃいけない「読者批判」を、あえてここでやらせて貰《もら》います。多分こう、読者さん達の「あいつがまたあとがきで苦しむとこ見てぇなぁ」っていう想いが、積もり積もって、こういう結果に繋《つな》がっているのだと思います。マテゴや生徒会でも、なんかそういう世界のシステム描《えが》かれていたし……（なら結局自業自得《じごうじとく》じゃんという意見はさておき）。

それにしても……貴方達《あなた》は一体、何がしたいんですかっ！　っていうか何が読みたいんですかっ！　ねえ、お願い！　皆《みんな》、生徒会の一存を初めて手に取った時の、あの穢《けが》れの無い気持ちを思いだして！　決して、決してあとがきが読みたくて手に取ったはずじゃないはずよ！（平和を望む純粋《じゅんすい》なヒロインの瞳《ひとみ》で主張）

いやもうホント、勘弁《かんべん》して下さい。ひきこもりに日常報告の作文書かせて、一体何が楽しいんですか。辱《はずかし》め以外の何物でもない！

もう、この体験を元に、某師走《しわす》ト○ル先生著のライトノベルに倣《なら》って、

「僕と読者のあとがき戦争」

を新作として書き下ろしたい勢いですが。その新作のあとがきこそが二十ページとかだともう目もあてられないので、やめておきたいと思います。

とまあ、こんだけ内容の濃《こ》い愚痴《ぐち》を延々語っても、まだ三ページなんですよ奥さん。読者様におかれましては、一度自分で二桁《けた》ページのあとがき書いてみて頂きたい！　中々に絶望しますから！　いくら自分語りが好きな人でも、そこそこ飽《あ》きる分量ですから！

また、私の場合、本当にうっすい人生送っているのが痛いんです。特にここ数年の生活

なんて、

「おで、起きる。喰《く》う、書く、喰う、遊ぶ、喰う。……おで、ねる」

で終わりです。よくライトノベルには「平凡《へいぼん》を愛する主人公」が出て来ますが、とりあえず全力でそいつをぶん殴《なぐ》って、「本当に平凡ってどういうことか、分かってんのかてめえ！　ああん！　地獄《じごく》みたいに平凡な日々ってのも、あるんだぞ！」と掴《つか》みかかり、速《すみ》やかに警察に捕《つか》まえて頂きたいです。うん、どっちにとっても平凡じゃなくなりましたね。脱線《だっせん》しましたが、まあ、驚《おどろ》く程にうっすい生活しているわけですよ。そういう意味じゃ、実は平凡というのともまたちょっと違《ちが》うのかも。ほら、一応は作家なんて、そこそこ特殊《とくしゅ》っぽい職業なわけですし。

しかしこれこそが逆に厄介《やっかい》な要素でして。会社勤めなら、良くも悪くも職場の人間関係とかで日々に変化が起こるわけじゃないですか。まあ、嫌《いや》なことが多いのは重々《じゅうじゅう》承知《しょうち》ですが、それでも、他者の関わりが生活に変化をもたらす割合が多い。

それが作家となると、さっき書いた「起きる、喰う」みたいな文章そのままで、基本、孤独《こどく》な一人作業の上、イレギュラー要素がほぼ無いわけでして。

なので、もし某時をか○る少女的なことがこの身に起こり、誰かに、
「お前、タイムリープしてね？」
と訊《たず》ねられても、私は心底驚いた表情で
「え、マジで？　全然気付かなかった！」
と答えられてしまうでしょう。ホント、昨日と今日の違いが薄《うす》い。間違《まちが》い探《さが》しレベル。ハードディスクに録画されたアニメの内容でしか、時間の経過が確認出来ません。

そんな底辺も底辺、水で薄めた白の水彩《すいさい》絵の具でべたべた塗《ぬ》り潰《つぶ》しているかのような人生送っている私に、日常をテーマに作文を書けと、誰かが強《し》いるのですよ。これはもう、泣いていいんだと思います。獣《けもの》の様な慟哭《どうこく》をあげる権利があるのだと思います。

……ねぇ、読者さんや。いい加減、そろそろ可哀想《かわいそう》になってきませんか？　あ、きませんか。え？　むしろそんな姿が楽しい？　あそう。……あそう……。

さて、流石《さすが》に嘆《なげ》いてばかりじゃページ数稼《かせ》ぐのにも限界がありますので、そろそろ逃《に》げずに作品や日常生活の方に話を向けましょうか。

まず、本巻「生徒会の祝日」について。既《すで》に読まれた方はご存じの通り、この巻は曜日シリーズの延長戦です。ドラゴンマガジンに書き下ろしていた後日談や、「土産《みやげ》」に収録

し忘れた――ごほんごほんっ、収録「あえてしなかった」ショートショート等を集めた結果、担当さんに「あと半分ぐらい書けば、一冊出るんですけどねぇ？」的な話題を振《ふ》られ、結果、「私は何回生徒会の最終回を書くんじゃー！」というテンションで書き下ろしを添《そ》えた結果、出た本です。いや、まあ、生徒会と新生徒会の顔合わせとかは、割と最初からやるつもりの話だったんですけどね（自業自得２）。

そういう性質のものなので、土産や十代や新生徒会下巻ほどラストラストしてないですが、まあ「生徒会シリーズの、えくすとら」として読んで頂けたら、幸いです。

……さて。

ここで一件、実はお詫《わ》びしなければいけないことが御座《ござ》います。

前回の「新生徒会の一存　下」のあとがきで、私は生徒会が終わった後の新作情報に関して、「具体的なことは、祝日のあとがきで告知出来たらと思います」的発言をしておりましたが。

大変……大変、恐縮《きようしゆく》で、遺憾《いかん》なことに。

その新作……大幅に進行が遅れ、発売の目処《めど》が立たずここでも予告の目処が――

――とかじゃ全然なく、むしろ、もう、出ちゃいます。

「生徒会の祝日」（通常版）と同時に。

………。

新作の予告が、発売日当日に行われるって、どういうことなの……。

っていうか、もうここで予告するまでもなく、知っている人は知っている状況《じょうきょう》じゃないですか。下手すると、新作本編読み終わっている可能性まであるじゃないですか。

なんという、告知のやりにくさ！

したり顔で「私の新作は……実はこんな話でしたぁ！」と明かしてみたところで、「うん、知ってる」とか「あ、それもう読んだんで」とか言われるわけでしょう！　作者が一番新作情報に乗り遅れた立場に居るって、どういうことなの⁉

……ま、まあ、とはいえ、約束したものは約束したものなので、告知させて貰うと。

「ぼくのゆうしゃ」

というタイトルの新作が、二〇一三年七月二〇日に発売になります。

内容は、一言で言うと、異世界召還《しょうかん》ファンタジーです。なんというか、王道も王道です。ド直球です。

ただ、昨今のライトノベルの中では若干《じゃっかん》異質なのは……主人公が、小学四年生の男の子、ということでしょうか。

ただそれだけに、軽く明るく賑《にぎ》やかな物語です。生徒会とはまた少し違う、「読んでて楽しい」が実現出来ていればいいなぁと願っております。

更《さら》に詳《くわ》しく内容を知りたい方は、チラシやネットのあらすじ、それらに掲載《けいさい》されているであろうＮｉｎｏさんによる表紙イラスト、またはドラゴンマガジンに掲載されている短編（書き下ろし）等を読んで頂けると、より雰囲気《ふんいき》が理解して頂けるかなと思います。

返す返すも、告知が遅れてしまい申し訳ありませんでした。

言い訳させて頂くと「ぼくのゆうしゃ」の発売時期が「新生徒会の一存　下」のあとがきを書いた時点では完全に定まっておらず、ギリギリ入稿《にゅうこう》してしまったあたりで、同時発売に決定したという状況でした。……その時の私の「うぬぅ！」具合を察して頂けると幸いです。間違いメールを、まさに送っている最中に気付いた感じ。

なにはともあれ。

新作「ぼくのゆうしゃ」も、よろしくお願い致《いた》します！

基本明るいという意味では生徒会寄りでもあり、長編で戦闘《せんとう》アリという意味ではマテゴっぽくもあり、ただ、主人公の性質がどちらともまるで違うので、「○○の読者さんに是非《ぜひ》！」という感じでも無いのですが。両作品同様　魂《たましい》を込めて書かせて頂いておりますので、一巻、もしくは短編だけでもお試しに読んでみて頂けると幸いです。

そんなわけで、新作告知でした。

では、日常報告パートをば。

ここ数ヶ月は新作を書いていたわけですが、そんな中でふと気付いたことは、

「はっ！　私、ギャグ会話を書かないとソワソワする体質になっている！」

ということです。新作は長編で冒険《ぼうけん》ものなので、当然会話以外の描写《びょうしゃ》も多くなるわけですが、それが少し続いただけで、「だ、大丈夫《だいじょうぶ》かな」と不安になるという。

なんという、生徒会病。

ちなみに生徒会病の症状《しょうじょう》は他にも色々あって。

・会長が胸張って名言を告げる以外の始まり方が不得意に！

・アニメやゲームを見るとすぐに「あ、これネタに使えそう」とか考える。

・杉崎《すぎさき》の「俺」（新作の主人公一人称《いちにんしょう》が「ぼく」のため）。
・三十ページ程度で話が一区切りしないと、落ち着かない（短編癖《ぐせ》）。

などなど……。生徒会が私に残したものは、良くも悪くも非常に大きいです。まあ、こうは書きましたが。実際九割方は良いことですけどね。

著者紹介《しょうかい》にも書きましたが、本当に幸せなシリーズにさせて頂きました。


ではここで、生徒会シリーズ全て通しての謝辞《しゃじ》を。

まず、イラストの狗神煌《いぬがみきら》さん。この六年、読者さんの感想と、狗神さんのイラストが私の支えでした。表紙や口絵やモノクロ、または雑誌の特集で使うイラストが担当さんからデータで送られてくる度《たび》に、執筆《しっぴつ》の合間に何度も眺《なが》め、やる気を頂いておりました。この六年間、本当にありがとうございました！　これからも一ファンとして、益々《ますます》のご活躍《かつやく》を期待しております！

次に、立ち上げから本編終盤《しゅうばん》までお世話になった、前担当の中村さん。この作品の生みの親が私や狗神さんだとしたら、「育ての親」は間違いなく貴女《あなた》です。本当に、ありがとうございました。

　そして、シリーズ終盤のバトンタッチから、しかし意外と長かった完結まで一緒《いっしょ》に走りきって頂いた小林《こばやし》さん。描写方法に迷うことが多かった完結周辺では、誰《だれ》よりも読者さんの目線に立ったアドバイスを頂き、本当に助かりました。こうして生徒会が綺麗《きれい》に完結を迎《むか》えられたのは、偏《ひとえ》に小林さんのおかげです。ありがとうございました。

　それ以外にも、編集部の皆様《みなさま》は勿論《もちろん》、漫画《まんが》版連載陣《れんさいじん》の皆様、アニメ関係者各位等々、多くの方々にお世話になり、ここまでやってくることが出来ました。


　そして、やはり誰よりも、最後までこの物語にお付き合い下さった読者様方。

　楽しかった、笑った、面白かった、皆様のそんな一言が、一体どれだけ、何度、私の心を救って下さったか。

　沢山《たくさん》の「笑い」を返して頂けた生徒会の一存シリーズは、私にとって、本当に恵《めぐ》まれた、幸福なシリーズでした。

　この六年間、最高に楽しかったです。本当にありがとうございました！


　…………。

　え、なに、私、死ぬの？

え、えーと、そんなわけで妙《みょう》に「終わり」を強調してしまいましたが、私は当然これからも新作を書き続けますし。

もしかしたら、いつの日か、生徒会がひょっこり帰ってくることもあるやもしれません。

ですから。

これからも、変わらずに葵せきなと……そして生徒会の面々を、よろしくお願い致します！……………出来ればあとがきは短くしていきたいですけどね！

葵　せきな

長い間ありがとうございました!!
狗神煌。

【初出】

会長がもの申す！　読売新聞朝刊２０１１年６月18日付
広める生徒会　ドラゴンマガジン２０１１年９月号付録
魔法少年くりむ☆ほいっぷ　ドラゴンマガジン２０１１年11月号付録
彼女達のキャンパスライフ　ドラゴンマガジン２０１２年11月号
転校後の彼女達　ドラゴンマガジン２０１３年１月号
続生徒会の一存　ドラゴンマガジン２０１３年３月号
三年Ｂ組の十代　書き下ろし
邂逅する生徒会　書き下ろし

富士見ファンタジア文庫

生徒会《せいとかい》の祝日《しゆくじつ》

碧陽学園生徒会黙示録8

平成25年7月25日　初版発行

著者——葵《あおい》せきな

発行者——山下直久

発行所——富士見書房

〒102-8144
東京都千代田区富士見1-12-14
http://www.fujimishobo.co.jp

電話　営業　03(3238)8702
　　　編集　03(3238)8585

印刷所——暁印刷

製本所——BBC

※定価はカバーに表示してあります。
落丁・乱丁本は、送料小社負担にて、お取り替えいたします。角川グループ読者係までご連絡ください。(古書店で購入したものについては、お取り替えできません)
電話 049-259-1100 (9:00～17:00／土日、祝日、年末年始を除く)
〒354-0041 埼玉県入間郡三芳町藤久保550-1

2013 Fujimishobo, Printed in Japan
ISBN978-4-8291-3910-3 C0193

ファンタジア大賞
原稿募集中!
通期
大賞　300万円
準大賞　100万円
各期
金賞　30万円
銀賞　20万円
読者賞　10万円
第26回締め切り
冬期　締め切りました
夏期　2013年8月末日
※紙での受け付けは終了しました
最終選考委員
葵せきな(生徒会の一存)
あざの耕平(東京レイヴンズ)
雨木シュウスケ(鋼殻のレギオス)
ファンタジア文庫編集長
★大賞&準大賞は
大賞決定戦
で決定!
歴史を変える傑作求む!
第26回 ファンタジア大賞 応募作品 評価シート
F大へようこそ
6
※画像はサンプルです
イラスト／つなこ
投稿も、速報もココから!➡ ファンタジア大賞WEBサイト
オンライン投稿で「デート・ア・ライブ」に続く人気作を目指せ! 一次通過作品には10段階評価表をバックします
http://www.fantasiataisho.com